CAPITALE DE LA DOUCEUR

DU MÊME AUTEUR

Sacré Paul, NiL éditions, prix du Premier Roman, 1995
Le Plus Jeune Métier du monde, NiL éditions, 1999
Fonelle et ses amis, NiL éditions, 2002
L'Amour dans la vie des gens, Stock, 2003
Le Savoir-vivre efficace et moderne, NiL éditions, 2003
Fonelle est amoureuse, NiL éditions, 2004
Sublime Amour, Robert Laffont, 2005
Nouba chez les psys, J'ai lu, 2009
Otages chez les foireux, J'ai lu, 2009
À Moscou jusqu'au cou, J'ai lu, 2009
Grandir, Robert Laffont, 2010
L'Envie, Robert Laffont, 2011
La Vocation, Robert Laffont, 2016
Une apparition, Robert Laffont, 2017
Nobelle, Robert Laffont, 2019
Les Fables de la Fontanel, Robert Laffont, 2020

SOPHIE FONTANEL

CAPITALE DE LA DOUCEUR

PHOTOGRAPHIE PAGES 3 ET 4 © RICHARD DESTATTE

© ÉDITIONS SEGHERS,
92, AVENUE DE FRANCE, 75013 PARIS.
PARUTION : OCTOBRE 2021.
ISBN : 978-2-232-14537-7

En 1926, Paul Eluard publie *Capitale de la douleur*.
Douleur et douceur, qu'une simple lettre sépare.

Dans la baie le bateau ruisselant
Menait sa rhétorique
Chahuté sans manières l'instant auparavant
Il avait changé de régime à l'approche du port microscopique
Et entrait là calmé
Accommodant et désarmé
Le danger s'il y en avait eu un
Ne faisait plus partie de ce voyage
Moi qui m'étais tout du long tenue au bastingage
Je n'avais plus besoin de crisper mes mains
Au contraire sans appui sur la mer suave
J'avais envie de montrer combien j'étais brave
Comme si j'avais passé cette traversée
Debout le pied marin placide à converser
Et qu'à présent eh bien nous longions l'eau
Tranquillement vainqueurs moi et les matelots

Nous avons peut-être beaucoup plus d'un destin
Des occasions de renaître en tout cas c'est certain
Le vent tourne sur la mer les bateaux les gens
Il le fait comme ça l'air indifférent
Tout ce qui arrive d'important
En fait autant

Mon ami Jansen agitait sur le quai
Un drapeau presque de la paix
En réalité c'était son paréo
Car il était nu même pas en maillot
Heureux de lui gouailleur
L'autre bras serrait un imposant bouquet de fleurs
Ce pourpoint royal
Lui cachait presque tout sauf le principal

Les énormes cordages en tombant sur le quai
Ne firent aucun bruit
Pas plus que le bateau se calant tout à fait
Jansen chantait réjoui
  — Joyeux anniversaire
Car fin août ce jour-là c'était mon anniversaire
Ce voyage était mon cadeau
  — Quel âge ça vous fait ? blagua un matelot
Je ne répondis pas j'avais cinquante-huit ans âge même pas
      rond
Évidence que soudain le matelot s'avisa d'aviser
Il ajouta penaud — Veuillez m'excuser
Prouvant par là son formidable don d'observation

Je débarquai le bouquet vint à moi

Jansen renouait son paréo au bon endroit
Il m'expliqua que même ici sur cette île où une loi autorisait la
    nudité
Eh bien sur le port on devait l'éviter
Dans le bouquet les fleurs étaient des dahlias ambre
 — On monte à l'hôtel si tu veux voir ta chambre
Il attrapa ma valise
Pleine de vêtements
Il la soupesa ça le fit rire vraiment
 — À ta guise

Le bateau repartit obliqua en sortant de la baie
Il retrouva le vent et la mer refrisait

Du port on devait gravir une pente cocasse
Là-haut on trouvait
Jansen le promettait
Le village édifié autour d'un genre de place
Mais on n'y était pas encore
On y serait quand à la pente on aurait fait un sort
Et on avait le temps

Mon ami m'instruisait distraitement
 — Il faut que tu comprennes qu'à Héliopolis...
Moi j'entendais ce nom pour la première fois
Or je n'écoutais pas
Je frôlais en passant des rangées de canisses
Les gens sur le chemin allaient nus
Dorés et détendus
En nous croisant ils disaient fort poliment — Bonsoir
Et Jansen à son tour — Bonsoir

Cela comme un rituel
— Ici tout le monde se salue c'est habituel

Autour de nous des chapelets de bougainvilliers
Étaient d'un violet délié
J'en fis compliment à Jansen
Cette magnificence était un peu la sienne
— Ils tiennent jusqu'en automne dit-il en cueillant la tête
 d'une fleur
Il en fit rouler le pollen sur la pulpe de ses doigts
Puis déclara sur le ton d'un prédicateur
— À peu près tout sur terre c'est à ça qu'on le doit
Pétales pistil pollen cela s'envola
Dissipé dans le vide où tout va

Mon ami montrait déjà un autre arbuste
— Tiens celui-ci se mange mais la feuille est robuste
Il faut d'abord la mastiquer c'est mieux
— Goûte
Il était si joyeux
Je goûtai pleine de doutes
Je ne voulais pas faire l'empotée
Mais cela faisait beaucoup beaucoup de nouveauté

De plus le paréo de Jansen bien entendu
Était depuis longtemps descendu
Il avait renoncé à le remettre
Ses fesses sous mes yeux et devant ses comètes
Le paréo il le tenait d'une main comme le baigneur prévoyant
Qui sait que cet accessoire sera utile à un moment

De l'autre main c'est ma valise que Jansen tirait fataliste
Ici vêtements et bagages ce n'était que pour les pessimistes

Chaque détail de ma chambre était délicat
Les meubles en rotin des années cinquante peints en blanc
La fameuse ambiance de la Riviera
Au pied de mon lit un lampadaire en bois et corde ravissant
Des livres sur une étagère
Je remarquai d'emblée Paul Eluard *Capitale de la douleur*
D'emblée disons que j'exagère
Mais enfin c'était là précurseur
La poésie n'est jamais dans chaque maison
Elle était ici comme par hasard
On en lisait autrefois cela faisait partie de l'éducation
À présent c'était une passion plus rare

On frappa à la porte quelqu'un qui apportait
Ma valise et le bouquet

Je sortis de la valise quelques affaires

CHAQUE DÉTAIL DE MA CHAMBRE ÉTAIT DÉLICAT

Le strict nécessaire
Ensuite cette valise je l'enfonçai dans la penderie
Bien au fond
En vacances ma mère cachait ainsi la bimbeloterie
De nos locations
Le bouquet alla dans le vase vide qui attendait
Je quittai la chambre telle que j'étais
Mais telle qu'on est c'est quoi ?
Dans l'escalier fort étroit
Je croisai une femme âgée
Greta Garbo nue élastique et sereine
  — Bonsoir me dit-elle... Moi habillée et elle souveraine
  — Bonsoir répondis-je
Me demandant si avec mon jean et ma chemise
J'étais en train de commettre une civilité
C'est ainsi que les choses nous semblant acquises
On en vient à douter

Jansen nous a tant parlé de vous
Dès que j'avais paru ils m'avaient accueillie
Enthousiastes elle et lui
Jeunes cet endroit était à eux
Ils ne portaient pour tout vêtement que de grands tabliers
Ça couvrait le devant seulement
Manière de concilier
Les impératifs du travail et l'esprit du Levant
Lui s'appelait Bertrand et elle Élise
Filiformes tous deux
Et un air de franchise
Un air de gens heureux

Appuyée au bar
Je cherchais Jansen qui n'était nulle part
Mes yeux furetaient et furetant bien
Tombaient sur des clients sans rien

Installés autour de la piscine
Nus mais certainement pas dans le but de bronzer
Car le soleil avait disparu derrière la colline
Il ne laissait qu'une lumière rosée
Et nus ils ne l'étaient pas davantage pour braver un interdit
Ce n'était pas caché puisque c'était permis
Pas non plus nus comme il est dit dans la Bible
Cette fameuse phrase Et ils connurent qu'ils étaient nus
De laquelle découlent des faits irréversibles

Jansen réapparut
Il était allé chercher des figues à l'épicerie
Satisfait il posa là le cageot — On sort l'artillerie !

L'hôtel avant s'appelait Bellevue aujourd'hui c'était Héliotel
Ils trouvaient ça plus parlant pour leur clientèle
   — Cet établissement de quand date-t-il ?
Tous le savaient ma foi
Édifié dans les années cinquante m'expliquèrent-ils
Dans un film *Les Filles d'Ève – Les Filles du Soleil* on le voit
Une œuvre pleine de désinvolture tournée en mille neuf cent
      cinquante-deux
Un film pas prise de tête comme ceux
Qu'on fait là-bas sur le continent
Là-bas où l'on complique ce qui est simple en vérité
Élise et Bertrand se sourirent se comprenant
Leur connivence attisa ma curiosité — Ici être nu est-ce une
      obligation ?
S'ensuivit un tas d'explications
   — Du rosé en veux-tu encore ?
Habillé il fallait l'être au port

Au restaurant et dans les boutiques
J'écoutais cette métaphysique
Les étranges mœurs de cette île
Devaient d'ailleurs être fort subtiles
Car les uns et les autres à tour de rôle s'absentaient
Et quand ils revenaient
Comme quoi dans la vie il ne faut pas parier
Ils étaient habillés
Ils constatèrent mon étonnement
 — Eh oui la nuit ici on s'habille comme par enchantement
C'est pour avoir quelque chose à retirer après !
Et contents de cette phrase comme d'une blague
Ils prirent un air vague
En proie à une malicieuse petite toux ils pouffaient
Jansen ajouta
En profitant pour solder les questions pratiques
 — D'ici n'importe quel chemin descend vers les criques
L'assistance corrobora
Jamais personne ne s'était perdu au Levant
Même si l'on se mettait par terre
Après la fête on cabriolait naturellement jusqu'à sa tanière

Les sardines sortaient du gril
Le cuisinier les avait panées de menthe
Au dîner on détailla en mon honneur l'illustre passé mondain
    de l'île
Paul-Louis Weiller dans les années trente
Mécène des arts il avait une villa somptueuse sur le continent
Il avait amené ici beaucoup de gens
 — Même des têtes couronnées et Jean Cocteau
Et on avait ceux qui avaient fait construire

Pour mieux revenir
Jean-Louis Barrault et Madeleine Renaud
Tous ceux qui dans le monde de l'art des années cinquante
    aimaient les mots
Étaient venus ici nus se jeter à l'eau

Vers la fin du repas ils détaillèrent au-dessus du bar une carte
    de la région
Une carte peinte à grands traits
La frise en haut c'était le continent une simple allusion
La mer bleu pâle presque un lait
Et Porquerolles Port-Cros Le Levant les trois îles d'Or au
    milieu dessinées sur ce plan
Ainsi donc j'étais là sur un de ces brisants

L'île silencieuse au petit matin
Le premier chemin venu était le bon Jansen avait raison
La route serpentait cela faisait comme si une main
Me guidait entre les maisons
Chaque villa était désuète pittoresque
Les grosses boîtes aux lettres aux décorations naïves
Les rambardes sur lesquelles les maçons avaient tenté des fresques
Un cabanon s'appelait J'arrive

Soudain entre deux clôtures
Un escalier mal emmanché
Jansen avait dit — Dès que tu vois ces petites marches tu t'aventures
L'odeur de la mer et en bas les rochers

L'ÎLE SILENCIEUSE AU PETIT MATIN

Pour descendre dans la crique il me fallut avancer de biais
    faire le bouquetin
Seule façon d'arriver jusqu'à l'eau
Je faillis perdre l'équilibre
Gênée par mon paréo je le retirai pour être libre
Libre et seule car il était tôt
Cela me parut malgré tout un peu inconséquent
D'être ainsi disons à la merci
À la merci de qui ?
Dans la crique déserte à la merci des poissons scintillants
Ma réserve disparut
Le corps aéré j'étais la bienvenue

À présent cela sentait encore plus fort la mer
Et pour cause je venais de mettre un pied dedans
Deux pieds et tout de même gardant
Mon paréo au bout de mon poing et ne sachant que faire
De ce bout de tissu
J'étais critique de mode normalement
Je passais mon temps à dire — Les vêtements c'est important

Sur les pierres à fleur d'eau une mousse touffue
Constituée de microscopiques et aquatiques fleurs
Elle était cette mousse
Aussi dense que douce
On se trouvait dessus en apesanteur

Je jetai au sec mon paréo
Il se coinça fort à propos dans un renfoncement
Je marchai sur la mousse et descendis dans l'eau

À PRÉSENT CELA SENTAIT ENCORE PLUS FORT LA MER

Avec l'idée de vivre ainsi un moment

En nageant quelques mètres
En s'éloignant du bord
On distinguait très bien la succession des crêtes
La côte crénelée et sur les rochers çà et là des corps
Des gens nus comme moi étaient venus tôt le matin
On était des malins
Après il ferait trop chaud
Même sans maillot

Des casaniers à l'ombre des quelques arbustes
Séchaient assis
Les bras le long du buste
Bras pendants comme si
Il n'y avait pas au monde de meilleure position
Leurs soucis bazardés
Ils buvaient l'horizon
Que pas un seul bateau ne venait lézarder

De loin je ne parvenais pas à voir
Lesquels étaient des hommes lesquelles des femmes
Déshabillés nous sommes si semblables c'est difficile à croire
Nous sommes tous le même idéogramme
Je trouvais une infinie douceur à ces taches fragiles
Dorées miroitantes subtiles
J'enviais ces gens dont je faisais presque partie
Par curiosité je regardai comment moi j'étais bâtie
Mais je n'arrivai pas à me faire une idée
Le corps dans la mer paraît si déridé

Quand je sortis de l'eau la crique s'était peuplée
Voyeuse l'instant d'avant je n'en étais plus là
Étais-je contemplée ?
Non même pas
Il n'y avait plus rien que des gens qui lisaient

Personne ne m'examinait
Était-ce une indulgence
Pour les disgrâces de tout un chacun
Ou quelques réticences ?
Ou un léger dédain ?
Non personne ici n'avait l'air méprisant
Rien ici d'hostile ou de désobligeant
D'ailleurs si quelqu'un à cet instant commettait une offense
C'était moi avec ma méfiance
L'attentat à la pudeur était dans ma pensée
C'est là qu'il est toujours dans notre curiosité mal placée

N'ayant rien à faire j'allai me poster sur un rocher debout
La main en visière
Comme si le rocher était une proue
Et que l'on m'avait enjoint de surveiller la mer
Je restai dos aux gens
Absorbée soi-disant
Puis je pivotai ainsi qu'on le fait pour vérifier si à la fin on nous regarde
Nul ne se souciait de ma nudité
Sans doute c'était ça la vraie humanité
Je descendis du faîte où je m'étais imposé une inutile garde

Les baigneurs se croisaient avec urbanité
Moi je baissais la tête je ne savais toujours pas comment me comporter
Mon téléphone était resté à l'hôtel
Je n'avais rien à faire de mes mains et mes yeux je les fermai
La frange de mes cils me protégeait

Mais mes yeux quand je les ouvris la surprise fut belle
Je vis ces personnes pour ce qu'elles étaient
Sur leur corps aucune démarcation
Des peaux illimitées si cela se pouvait
Sans défenses sans frontières et sans complications
Pour ces naturistes la nudité des autres n'était pas un sujet
N'était pas un souci
Il y avait une symétrie ici
Entre nous tous un même secret
À savoir qu'existait cette forme de vie
En une seconde sur mes propres peurs je changeai d'avis

QUAND JE SORTIS DE L'EAU LA CRIQUE S'ÉTAIT PEUPLÉE

Par sa simple présence le peuple de la crique mettait fin à une solitude immense
On attend si longtemps d'avoir confiance
Et l'on se sent exclu
On attend désespérément mais un jour on découvre qu'être nu
C'est pouvoir l'être en paix

En remontant vers le sentier je pleurais

La maison s'appelait La Corniche
On y accédait par le sentier du littoral
À flanc de falaise un petit escalier montait au milieu d'une friche
Jansen avait dit — Tu verras j'ai voulu un jardin immoral
Désordonné sauvage truffé de pélargoniums
Jamais Jansen n'aurait prononcé le mot géranium
Les choses qu'il avait découvertes gamin dans les marais de
    Hyères
Là où il avait vu le jour
Il les avait sanctifiées par amour
Raison pour laquelle il tenait tant à ce glossaire
 — Quand tu nommes une fleur elle le sait

Le jardin en effet poussait en tous sens
Les cimes des arbousiers s'entrelaçaient
Il faisait plus frais sous cette arborescence
Aussi un peu plus sombre

Des trouées dans l'ombre
Si l'on portait le regard loin devant
On ne voyait plus que la mer et là-bas le continent

Les îles donnent l'impression d'être un peu méprisantes
Elles font bande à part
Bien satisfaites d'être distantes
Pour ainsi dire ignorées des ignares
Cela me rappela qu'à moi ces îles d'Or n'étaient certes pas inconnues

En face mes parents durant les vacances d'été
Pendant des années font des locations
J'ai honte de ce mot qu'eux prononcent avec fierté
Honte qu'à Sainte-Maxime nous n'ayons pas notre propre maison
Rien qu'un appartement
Avec deux pièces seulement
Le Levant Porquerolles Port-Cros
Ce sont des noms que je vois à Sainte-Maxime sur un panneau de l'embarcadère
Mon père m'emmène au guichet vérifier les tarifs
Pour une éventuelle croisière
C'est bien trop cher
Il trouve très souvent les prix prohibitifs
Son nez part de biais il est représentant de commerce
La question de l'argent matière à controverse

Tout change
Aujourd'hui j'étais sur une de ces îles
Avec le temps les choses s'arrangent
Mes pauvres parents qui en étaient convaincus où sont-ils ?

Je descends les retrouver à la fin de l'été
Par avion dans ce luxe enfin envisageable
Parce que je commence à avoir un métier
Sans doute survolons-nous ces îles inabordables
Je les scrute à peine
En ce temps-là
Je suis une jeune femme comme ça
Sans arrêt imperceptiblement contrariée
Dans l'avion j'ai souvent le hublot sur l'aile
Avec cette impression de passer à côté de l'essentiel

En atterrissant j'aperçois mes alliés
En ce temps-là il était permis d'attendre sur la piste
C'est là qu'ils me cueillent — Comment va notre artiste ?
Les grandes mains de mon père vont pour chiffonner ma tête
Il se ravise il se sent bête

Ma mère laisse jaillir son cœur
— Ma fille oh ma fille est là quel bonheur...

Sur le parking je reconnais les hauts pins parasol
Sous lesquels mon père est si fier d'avoir pu garer son auto
Pas en plein cagnard notre chance est folle
Pour avoir un coin d'ombre ils sont arrivés tôt
Les places ainsi que tout sur terre sont chères
Né peu riche dans un certain milieu
Et le destin compromis par la guerre
Mon père prend ses luxes à sa façon l'air astucieux
— L'ombre il faut y penser cela permet vois-tu
De toucher le volant sans se rôtir la chair
Tu me remercieras car j'ai sauvé ton cul

Penser aux morts c'est y penser ainsi en un éclair

En haut des marches on découvrait le cabanon
Ainsi Jansen le désignait-il en réalité c'était une bâtisse
Rudimentaire et plate sans le moindre artifice
Tout le luxe de ce lieu était dans sa situation
  — C'est bien situé disait mon père jadis admirant les maison-
    nettes de la côte
Posées là dans les criques comme si ce n'était pas leur faute
Entourées de demeures somptueuses appelées Château de
    l'Horizon
Ce Sud pour lequel les riches s'étaient pris de passion

Devant la maison une terrasse exquise
Se terminait par une balustrade
Et les deux formaient une estrade
Le sol fait de copeaux de marbre j'avais vu ça une fois à Venise
C'était dans un palais on m'avait précisé — C'est du Seminato
Couvrait aussi le sol dans le salon

Le dedans le dehors étaient à l'unisson
Et tout était sommaire incroyablement beau

Sur la terrasse des fauteuils aux coussins rose pâle
Sur le Seminato s'égaillaient des pétales
D'un même rose c'étaient les fleurs des pélargoniums
Que le vent distribuait par-ci par-là
Un pétale me tombait même sur le bras
Évoquant un peu tout ça je dis à Jansen — C'est mieux qu'un décorum
Il hocha la tête ravi de cette réplique
Car celui-ci de sens
Le bon sens esthétique
Mettait Jansen en transe
Il avait fondé un réputé festival de mode dans le lieu même
Où enfant du peuple il avait joué à la bataille
Une vaste demeure à Hyères qui avait appartenu à Charles et Marie-Laure de Noailles
Elle avait été conçue par Mallet-Stevens lui-même
Ce n'était plus qu'une ruine que Jansen avait réhabilitée
Classée Monument historique alors pensez
S'il était habitué
À la beauté

Jansen aimait la vie de bien d'autres façons
Dans un pichet de rosé cliquetaient les glaçons
Mon ami s'enfonça dans un fauteuil les pieds sur la balustrade
Il me fit raconter ma baignade
Le tapis moussu d'algues
Raconter qu'entrer dans l'eau sans rien c'est devenir une vague
— D'ailleurs dans quelle crique étais-tu ?

Je lui décrivis la disposition des rochers qu'il reconnut
L'effet de la présence humaine... qu'il reconnut
Tant de reconnaissance

Je me sentis envahie par une allégresse
— Jansen sais-tu à quoi je pense ?
Je pense qu'aux antipodes des drames que chacun traverse
Dont on va vite un peu partout
À raconter qu'ils nous constituent
Une immense douceur attend en nous
Attend très têtue
Elle cherche le moment d'épancher sa grandeur
C'était certain sur les rochers tout à l'heure
Notre douceur est totale on nous pousse à croire le contraire
Dans une époque sur les dents
Où l'on voit mal ce qui oserait contrecarrer les plans
De nos ressentiments et de notre colère
De nos urgences de nos cadavres dans le placard
De notre pli si bien pris de déchiqueter
Car tous autant qu'on est on veut en découdre tôt ou tard
Et la moindre bonté semble une lâcheté
La moindre bonté semble une imperfection
Mais la douceur oh la douceur Jansen guette les allées et venues de notre être
Tel un esprit insignifiant mais génial auquel personne ne prête attention
Cela va te paraître bête
Il me semble qu'un jour la douceur décline son identité et c'est la nôtre
D'ailleurs le sens de la vie qu'est-ce que cela pourrait être d'autre ?

EN HAUT DES MARCHES ON DÉCOUVRAIT LE CABANON

    Le livre d'Eluard dans ma chambre
    Les dahlias couleur ambre
     — Oh Jansen ici j'ai envie de le dire
    Ici c'est vraiment la capitale de la douceur

    Il éclata de rire
     — Pas tout à fait mon cœur

Pas tout à fait mon cœur
Et il me regardait
Comme un roi lucide qui déplorerait
Votre illimitée impayable candeur

Il partit vider les cageots que l'estafette avait livrés
Sans cesser de me jeter des coups d'œil navrés
Il sortit la tapenade du frigidaire
Puis revint sur la terrasse
Sur la table du coude il fit un peu de place
Et lança les glaçons dans nos verres

Pas tout à fait mon cœur
Et bien sûr à présent je n'osais demander ce qu'il sous-entendait
Ce flot de douceur perçu dans la crique est-ce que seulement cela existait ?

Ma naïveté avait toujours fait mon malheur
J'avais tellement envie de bonté une fois
J'avais passé des mois
À croire que quelqu'un m'aimait

Soudain au lieu de profiter de la vue sublime de Jansen
Je repensai à cet amoureux et à mon ancienne peine
Et au lieu de douceur c'est le mauvais souvenir
De mon ingénuité qui vint m'assaillir
Avec cet homme nous nous courtisions par écrit
Il terminait toujours ses messages par À jeudi
Et chaque jour écrivait Faisons comme si c'était déjà jeudi j'ai
    trop envie
De te parler
Je jubilais... Un tel amour sous une telle forme ça arrive dans
    la vie
Le bonheur c'est sur moi qu'il venait déferler
La vitesse à laquelle un cœur peut battre
Quand on est une idolâtre
Hélas l'homme qui s'était donné cœur et âme par écrit
Un jour se reprit
Il s'évanouit dans la nature je demeurai là
Pendant plus de trois ans
Fidèle à un sentiment

Dans la cuisine Jansen préparait le repas il cria — Je suis là !

Pas tout à fait mon cœur
Que n'avais-je pas vu ici qui aurait dû me sauter aux yeux ?
Je sursautai songeant que mon erreur
Était sans doute mon ignorance des jeux libidineux

J'ai toujours été ridicule
Avec notre part animale
Que je calcule
Si mal

Un ami à Paris quand il avait appris que j'allais passer
    quelques jours au Levant
S'était exclamé — Ça va niquer !
Je détestai ce mot je le trouvais violent
La violence n'était pas une déesse que j'aimais invoquer
Mon ami lui cela l'amusait
 — Ça va niquer !
Il insistait pour me paniquer
Et après il se taisait
Quelqu'un qui sait mais n'en dira pas plus

J'allai à la cuisine m'adosser à la porte
Il fallait que ça sorte
Jansen émiettait dans ses doigts une feuille d'eucalyptus
Depuis quelques années
Il s'était fait une tête barbue et hirsute de dieu
Sa beauté à laquelle il croyait avoir fait ses adieux
Ne cessait au contraire de culminer
Les gens n'étaient pas tous comme moi des cénobites
Et lui c'était un djinn... J'avais parlé de douceur à la va-vite
Comme une simplette
 — Ce que j'ai raconté sur la douceur Jansen je le regrette
C'est peut-être juste un besoin que j'ai
Une douceur que je vois partout et par erreur comme un
    projet

Il tourna la tête étonné
La barbe en éventail elle aussi éberluée — Qu'est-ce qui te fait penser ça ?
Je me mis à bredouiller
— Ce n'est pas ça ?

Rentré en hâte dans sa maison
Il revint avec un dépliant
Poussa les verres les olives le pot de glaçons
Et étala sur la table un plan
Car donc ici les gens avaient la manie de la topographie
— C'est juste que je ne t'ai pas tout dit à propos de cette île
Il faut que je te parle des missiles

Cette douceur que tu as pressentie
Tu ne t'es pas trompée elle existe mais regarde le plan
Ce n'est pas fait que d'utopistes Le Levant
Je te montre où nous sommes
Il désigna un point — Nous habitons dans un condominium
Le reste c'est-à-dire quatre-vingt-quinze pour cent de l'île
Est une base militaire
C'est là que ton pays teste ses missiles
Et je vais te donner un détail encore moins balnéaire

Des missiles l'armée en tire ici même trois cents par an
Je pâlis et lui — Je vois que tu comprends

Je remarquai sur le plan un trait spectaculaire
— Pourquoi ce trait est-il effrayant et gros et rouge et dentelé ?
— Parce que Sophie ce sont des barbelés

Un peu plus tard sur le sentier
À l'heure la plus chaude un brasier
On s'était couvert de nos paréos le temps de traverser la place
 du village
Quelques secondes après je me rappelle
On contourna une chapelle
On buta tout de suite sur un gigantesque grillage
Tous les deux nus devant
Les barbelés de l'île du Levant
Que ce soit si proche c'était ça ma stupeur
Je levai les yeux — Jansen quelle horreur…

En fait de force de dissuasion
L'Homme avait eu du génie en cette occasion
Cela montait si haut et c'était si intense
Quel fou a fortiori nu aurait tenté sa chance
À escalader cette barrière à la fois moderne et primitive

De laquelle les fleurs sauvages les plus chétives
Semblaient pourtant s'accommoder ?
Elles se hissaient inféodées
Vers cette frondaison

Moi qui n'étais pas un liseron
Je voulus savoir s'il y avait des portes
Pour passer de l'autre côté de cette place forte
Il y en avait
Jansen m'en montra une c'était cadenassé
Un verrouillage insensé
Dans cette nature pleine de paix
Aucun espoir
Personne ne pouvait passer cette barrière selon son bon vouloir
Ou alors pour accomplir une telle prouesse
Il aurait fallu être un espion par exemple S.A.S.
Dont Jansen s'empressa de préciser qu'une des aventures
Se situait derrière cette clôture
L'agent se dépatouillait des barbelés
Il trouvait un moyen de les démêler
Courait désamorcer des requins de métal
Et empêchait une guerre mondiale

Mais nous on redescendit vers la mer
La seule chose à faire

La crique où Jansen m'emmena ne ressemblait pas à celle du matin
Elle s'ouvrait en auditorium
Confortable avec des gradins
Jansen élucida — Ce sont des solariums
Ces gradins symbolisaient la simplicité par les naturistes aménagée
En bord de mer
L'île affectée à l'armée
Les plus belles plages étaient restées côté militaire

On posa nos paréos sur ces pierres plates brûlantes
Tous les deux exposés vus du ciel deux cibles
L'image était possible
Et contrariante
  — Et si Jansen ils en tiraient un de leurs fichus missiles…

— Alors écoute
Cela n'arrive jamais en août
Ils le font l'hiver c'est plus facile
Et si tu veux savoir comment cela se passe on entend un vacarme
On en déduit que ce sont les armes
Et qu'on n'y peut rien
Une fois j'étais dans mon bureau à la Villa Noailles
J'admirais l'île de loin
Par hasard j'ai levé les yeux de ma pagaille
Et j'ai vu dans le ciel s'élever le plus glaçant des objets
Beaucoup plus grand que ce que j'imaginais
Droit dans ses bottes et parti dans son élan
La fumée dessous le souffle d'un dément

Après avoir plongé d'abord on coula
Silencieux deux tritons
J'ai toujours su retenir ma respiration
C'est ce que je fis là
Jansen fila devant et quand je sortis la tête de l'eau
Il crawlait déjà loin on ne voyait plus que son dos

Je demeurai seule dans cet amphithéâtre
Pensant à ces barbelés là-haut
Mes pieds gigotaient au lieu de s'ébattre
Avec insouciance dans l'eau
Quand j'essayais de faire la planche
Je ne parvenais pas à rester face au ciel
Sans cesse je roulais emportée sur la hanche
Je gigotais de plus belle
Je n'arrêtais pas de penser est-ce que les barbelés
Se sachant repérés vous suivent après à cloche-pied

Avec mille petites pattes mille petits trépieds
Incroyablement endurants
Déterminés et affûtés ?
La boule dans ce feuilleton que je regardais enfant
La série s'appelait *Le Prisonnier*
Un homme enfermé dans un village effrayant où les gens faisaient semblant
D'être bien
Pour vous garder captif on ne laissait rien au hasard
Le prisonnier courait toujours en vain ou trop tard

Et où était Jansen et puis pourquoi si loin ?
Les barbelés m'angoissaient car j'étais incapable de violence
On paraît faible en disant cela
C'est comme une indécence
Quand on pense à tout ce qui est injuste ici-bas
Et l'on voudrait y remédier
Pour se défendre il semble évident qu'il faut des guerriers
Que c'est la seule option possible
Que le reste est inadmissible
J'en voulais à Jansen de m'avoir laissée seule avec l'idée de la guerre
Je lui en voulais de nager heureux dans la mer
Tandis que moi je fixais là-haut la crête de la colline où les barbelés existaient
Maintenant que je les connaissais

Combien de temps peut-on refuser le combat ?
Je l'avais toujours refusé moi

L'amie d'enfance que je déçois tant
On a trente ans elle adore me parler du courage
Elle n'en voit qu'un et c'est celui de prendre ombrage
D'identifier le mal et de cogner instantanément
C'est une querelleuse
Il y a toujours une personne à abattre dans son champ de mire
Toujours un triste sire
Elle décrète — C'est un lâche ! et elle hait les lâches
Sa bravoure à elle fait de grosses taches
Il faut sans cesse annoncer de quel côté on est
On va se payer ensemble l'ennemi qui le mérite cent fois
Dont d'ailleurs le nom change constamment
   — Viens on va se le faire et moi — Je ne peux pas
Elle me considère en silence me méprisant presque autant
        que l'ordure du moment
Qui pourtant n'a pas d'égale
Une ordure intégrale

Elle essaie une dernière fois
— S'il n'y avait que des gens comme toi
On serait où ?

Ce que la guerre ordonne à des millions d'êtres doux
Le mal que ces êtres sont obligés de faire sans avoir le luxe
    d'un dilemme
Désobéir peut devenir plus grave qu'un problème
On exécute les déserteurs
Qu'est-ce qui te fait le plus peur ?
L'absurdité de la guerre sur le lit plein de puces
Où meurt le petit gars qu'on traitait de minus
Mais dont on regardait avec tendresse le front ébouriffé
À présent ignoblement décoiffé
Là encore et là surtout la douceur se fait connaître
Elle refuse de disparaître
Tu as besoin d'elle matin et soir
Bleue elle palpite comme une veine dans ton désespoir
Jadis parfois tu entrais dans la Résistance
Tu le sentais que cette porte de sortie du moins avait un sens
Au début il fallait abriter des inconnus
Passer inaperçu
Planquer des tracts dans une ruelle
Et un jour c'était toi le doux la douce dans le maquis
Voici que libre également il te fallait apprendre à qui
Mettre une balle dans la cervelle

Jansen ne revenait pas
Il avait disparu en mer
Je pensais Je vais mourir ! mais ce n'est pas ce qui se passa
Au contraire

Miraculeusement les barbelés redevinrent inertes
Leur éventuelle action sur ma vie fausse alerte
Encore une fois l'énigme de ce sortilège
Qui depuis l'enfance me servait d'équilibre
La douceur le seul but à poursuivre
La douceur infinie ! Je flottais mon corps devint du liège

Cela ne m'impressionna plus ces histoires militaires
Il fallait qu'en ce monde sur cette bande de terre
Cohabitent des corps nus assumés vulnérables
Et l'esprit de la guerre
Il fallait que cette guerre
Prenne évidemment sa place véritable
C'est-à-dire la prenne presque toute
Il fallait que le rêve de tranquillité d'utopistes croise la route
De ce que l'Homme invente pour se rendre invincible
Pour sauver sa peau depuis la nuit des temps

Il la couvre de peaux de bêtes d'armures et de gilets pare-
 balles des plus résistants
Des choses d'une lourdeur pas possible
Des couches ajoutées des barbelés rebutants
Ses bombes sèment plus que la terreur
En tombant elles n'épargnent pas la douceur

La douceur mon arme à moi l'arme sans mort sans régiment

Le trois septembre mille neuf cent trente-neuf
La France déclare la guerre à l'Allemagne
Ça se passe à la radio la modernité gagne
Mon père a vingt et un ans il est neuf
Il a commis les boulettes de son âge adolescent il a fait une fugue
Une longue semaine il est parti
De retour au logis
Il a vu tout de suite un garçon sur son lit
Sa mère a dit — Paul je te présente Hugues
Ta chambre était vide je l'ai donnée à ce garçon
Désolée à présent c'est ici qu'il habite
Sa mère est un monstre il serait facile de la détester
Mais Paul la haine il évite
Et pour cette raison se laisse molester

À quoi cela ressemble-t-il une guerre ?

LE TROIS SEPTEMBRE MILLE NEUF CENT TRENTE-NEUF

Il n'en a pas la moindre idée il est né en mille neuf cent dix-huit
La Première Guerre mondiale elle était finite
Comme il disait enfant avec son mini-vocabulaire
Peut-être que naître après un conflit
Cela vous marque un homme ça vous le rend gentil
Paul est si peu agressif c'en est comique
Lui-même parfois il ne sait plus où se foutre
Si sa famille est dure lui il est doux il est passé entre les gouttes
De plus il est grand et maigre car enfant rachitique
Il a manqué de tout en mille neuf cent dix-huit
On n'en fait pas grand cas
C'est quelque chose en lui qui ne compte pas
À la limite

Le voici mobilisé
L'équipement compliqué s'appelle un attirail
Faudra bouger dedans si on livre bataille
Paul est là à l'égal des autres médusé
Il paraît que cette guerre on va la gagner
Tu parles dès le début dans le Morbihan ils se font empoigner
Il le racontait des années après
Encore stupéfait

Dans le camp de prisonniers
Tant de choses qu'il constate
On se hait en ce lieu y compris entre alliés
Un soir il voit un pauvre gars que l'on cravate
Sans le moindre bruit
Sans raison la nuit
Lui qui aimait le monde entier est-il encore universaliste ?
Il y a des types d'Ukraine pour te prendre une bague ils te coupent le doigt
Pourtant ils sont du même côté que toi
D'ailleurs arrêtés parce que antifascistes
Mon père n'a pas de bague ça lui sauve la main
Et puis comble de tout il se fait des copains
D'autres gars comme lui ni belliqueux ni héroïques
Le bruit court qu'ils seraient des milliers
Incapables de tirer quand ça devient critique
D'inespérés perdants

Pour les Allemands

Il écrit une lettre à sa mère
La feuille et le crayon sont à la guerre
Il met C'est celle-ci ma bonne adresse
Ses doigts sont poisseux la page ça la graisse
Sa mère répond On est heureux pour toi
Pendant des jours il cherche Heureux pourquoi ?
La rumeur dit qu'entre ici et la France on réécrit leurs lettres
C'est la raison peut-être
Certains reçoivent des colis postaux
Si ça fait moins de cinq kilogrammes ça passe
Paul ne reçoit rien ses colis devaient être trop gros
Qu'on ait pu l'oublier cette idée le tracasse

Mais la guerre il a dit — Je ne veux pas la faire
Même pas à ma mère

Les hommes ont maigri depuis qu'ils sont ici
Un matin on les passe en revue et les plus forts sont mis de
    côté
Mon père est grand il est validé lui aussi
Sa destination est une ferme en Bavière
 — On appelle ça les Alpes bavaroises
Dit un gars instruit qui pavoise
Mais l'instant d'après ledit gars a cette idée salace
 — On va baiser leurs putains de fermières

La guerre c'est dégueulasse
La guerre que Paul ne veut pas faire

Même si c'est inadmissible
C'est fou le cadre est vert et paisible
La ferme incroyablement belle ils ont du bol
Tous les prisonniers prennent du poids sauf Paul
Des muscles poussent à leurs bras
Même en temps de guerre c'est flatteur

C'est une exploitation agricole ils ont aussi du beurre
Malgré ça Paul ne grossit pas
Comme on dit Il ne profite pas ironie des formules
Quand les fermières traversent la cour les yeux des prison-
 niers passent par-dessus bord
Les vaincus se prennent pour des condors
Ça leur fait avaler la pilule
Paul lui ne sait pas être une bête
Un jour un prisonnier s'autorise un sifflement paillard Paul
 crie — Arrête !

On le laisse c'est un sensible
Il tousse fréquemment quelqu'un l'a vu cracher du sang
Il dit — J'ai mal aux dents

Il fait celui qui bien que fragile peut accomplir des tâches impossibles
Il abat des arbres
Mais très vite il se délabre
Un jour il tombe évanoui dans une grange les bras le long du corps
Gentiment rangé déjà comme un mort
C'est une fermière qui le trouve son mari occupe la France
Elle a deux possibilités c'est déjà un luxe d'en avoir deux
Soit signaler ce prisonnier défectueux
Soit le dorloter et voir si ça avance
À quelque chose
On isole Paul au cas où ce serait la tuberculose
Tout n'est pas le crépitement des feux de l'ennemi
La lumière peut se faire où le sort nous a mis
Il y a parfois mieux que des étincelles
C'est rare mais ça arrive et Paul cet homme dont la mère ne prend pas de nouvelles
Est soigné avec les bons médicaments dans une chambre en Bavière
Pendant cinq ans par des fermières

À la Libération sa mère
Le récupérant après cinq ans de captivité
Voyant ce fils sans haine dont elle ne sait pas quoi faire
Lui dit sans hésiter
— Au fait pourquoi tu restes pas dans l'armée
Puisque cette dernière a l'air de tant t'aimer ?

Se confondant ce soir-là avec le ciel
Les langoustines sur le gril
Étaient roses et orange et providentielles
   — Pour les cuire dit Jansen un aller et retour c'est beaucoup
      plus difficile
Qu'il n'y paraît
Avoir la main légère c'est l'avoir tout à fait
En bas de pyjama dos à la mer Jansen cette main il l'avait
Les langoustines cuites il s'écria — Voilà c'est prêt
Pour moi qui étais juste à côté de lui
Il alluma une guirlande il faisait nuit

Il m'avait prêté une liquette elle était gigantesque
   — Je vais être grotesque
Pourtant la liquette et moi on sut se combiner
Toutes deux assouplies par les années
Jansen dégustait les langoustines en admirant la baie

L'eau tranquille reflétait l'étendue de sa paix
Comblé il écarta les bras
  — Je ne serai jamais lassé de ce panorama

C'est vrai cela avait quelque chose de biblique
Et nous dans ce décor paraissions deux prêtres sybarites
Je pensais C'est ainsi qu'on fabrique
Les grands mythes
Un passant aurait estimé Ces deux-là ce qu'ils font ils le font
    depuis toujours
Cette intimité est leur quotidien à la tombée du jour
Moi qui n'avais jamais vécu avec personne
Je souriais la solitude pèse des tonnes

Et Jansen me racontait
  — C'est parti d'un projet
Le Domaine naturiste d'Héliopolis
Créé par des médecins deux frères
Une concession acquise dans les années trente une portion
    de terre
Sans eau sans électricité au début sans notice
Ils y croyaient si fort
À la vie au soleil
Le soleil dont on ne se méfiait pas encore
Au contraire on en attendait des merveilles
On racontait que cela renforçait les os
Ce n'est pas tout à fait inexact

Ils distribuaient des tracts
Faisaient passer des réclames dans les quotidiens nationaux
Naturisme. Le grand magazine de culture humaine

Des articles chaque semaine
Des émissions de radio
Pour essaimer l'idée
Bientôt on vit des gens se décider
Il fallait trois heures d'embruns pour venir de Hyères
Eh bien les intrépides ça ne les décourageait pas
  — On n'a qu'à y aller et au pire on ne repart pas

L'arrivée se faisait par le port de Grand Avis aujourd'hui du
    côté militaire
Il n'y avait pas encore l'armée
Et pas l'ombre d'un barbelé
Rien que deux routes qu'à la main il a fallu extraire
Sacrifier des cailloux se prendre des épines
Ouvrir ce maquis
Cela faisait une trotte du port historique jusqu'ici
Ces hommes ces femmes ils durent encore combler des
    ravines
Et ce qui leur creva le cœur
Aussi arracher quelques fleurs

Les prospectus promettaient des excursions
Une Cité disait-on depuis son invention
Ces pionniers créaient aussi des sentiers rien qu'à passer
Et repasser
Au même endroit
Et bientôt il y eut un gendarme une école et la chapelle du
    Christ-Roi
Sur cette île sèche
Infertile et revêche

Pendant près de trente ans les habitants ont vécu ici
Nus quand ils le pouvaient encore qu'être nus ne fût pas permis
Ils se couvraient d'un bout de tissu avec une ficelle dans le derrière
Ils l'ôtaient dès le départ du gendarme
Qui verbalisait la mort dans l'âme

— L'article deux cent vingt-deux trente-deux du Code pénal
Jansen disant ces mots leva un doigt fatal
Punit d'un an d'emprisonnement et de quinze mille euros d'amende
L'exhibition sexuelle imposée à la vue d'autrui
Tu entends bien ce mot Punit ?
Et j'en ai d'autres si tu me demandes
Attentat à la pudeur que dis-tu de celui-ci ?
Attentat tu te rends compte ?
Moi ce n'est pas la nudité qui me fait honte
Ce sont ces mots et parfois c'est triste à avouer Sophie je m'endurcis
On nous le laissera combien de temps notre Éden grappillé sur l'absurdité du monde ?
Tu le vois bien que partout l'étau se resserre
Tu crois que tu ne fais rien de mal mais tu as de ces pervers
Des âmes de juges c'est une onde

Un jour l'univers entier est d'accord
Il faut cacher les corps
Pour ne surtout pas risquer de choquer quelqu'un
Quelle bonne idée de cacher ce que l'on a d'humain

Ce mouflet au Canada qui eut envie de se montrer à autrui
Il a envoyé à son petit ami du moment une photo de lui
Sur la photo il est nu
Et bientôt c'est une vidéo virale et tout le monde le voit à poil
    et perdu
Et cette gosse qui se lacère
Pour une image d'elle en petite tenue
Postée à son insu
Par des camarades de classe parce que là aussi c'est la guerre

Délivrer les gens de ces monceaux de honte
Il n'y a que ça qui compte

La lune jetait depuis longtemps sa langue sur la mer
Il me proposa encore un autre verre
  — Tu es bien belle
  — Arrête je ne pourrai jamais remonter à l'hôtel
Je pus y remonter pourtant
Jansen me guidant
  — Je te le dis pour les autres nuits
Quand tu vois ce panneau La Barbaresque
Tu y es presque
Ce chemin qui longe la clôture voilà c'est simple tu le suis
  — La Barbaresque j'adore ce nom
  — Eh c'est que l'endroit est de renom
C'était la maison d'une danseuse du Crazy Horse

L'ARTICLE DEUX CENT VINGT-DEUX TRENTE-DEUX DU CODE PÉNAL

Après tu n'as plus qu'à continuer tout droit
La route dans le noir tu la connaîtras
À force

On servait le petit déjeuner sur une terrasse
L'infini on l'avait là devant
La vue allait si loin la mer était une inoffensive surface
Le serveur circulait en volant
L'œil à chaque tartine
Lui seul un peu vêtu et d'ailleurs en nage
Dix fois plus que les nageurs dans la piscine
Encore que ce soit bien sûr différent

Un client le chambra avec un mauvais rire
 — Vous avez trop chaud mon grand…
Ce n'est pas la peine de tant se couvrir
Il rougissait paillard cet homme ce lourdaud
De son bon mot
Plein de grâce le serveur haussa les épaules
Et passant devant moi marmotta — Je sais gérer ces drôles
Ah ça plus ils sont vieux

ON SERVAIT LE PETIT DÉJEUNER SUR UNE TERRASSE

Plus ils sont vicieux
Il retourna vers le client allait-il lui en coller une ?
Non il déposa le sucre et partit se dandinant sans rancune
Redoutable et joyeux
Le client se tint coi
Le serveur de retour résuma — Comme quoi
Il y a toujours un mieux...

Au milieu des grillons
Sur une terrasse remplie de gros ballons
Certains faisaient de la culture physique
Appliqués et cosmiques

Pas de vêtements le corps sans détour
Le corps directement
Une lumière d'or sur la peau et autour
Un flamboiement

Le serveur m'expliqua — Si rien ne vient brimer le corps
Si rien ne le serre il trouve un équilibre
Cela se fait sans régime ni effort
Ici on appelle ça vivre

Plus loin une famille se trouvait affalée sur de grands matelas
Les adolescents que l'on dit plutôt rétifs à se montrer nus

Étaient offerts au soleil les bras en croix
Moi avec mes parents je n'aurais jamais pu

Ce monde rôtissait
Je lançai au serveur qui pour la énième fois repassait
— On dirait bien qu'ici personne ne fait attention
— À quoi ? demanda-t-il avec consternation
— Eh bien aux méfaits du soleil répondis-je c'est mauvais
    pour la peau
Il prit cela de haut
— L'hôtel s'appelle Héliotel madame Fontanel c'est cohérent
Ça exprime parfaitement l'héliotropisme des Durville
— C'est qui les Durville ?
— Eh mais ce sont les deux médecins qui ont fondé l'île allons
Il doutait soudain de la justesse avec laquelle Jansen donnait
    des explications
Plein de connivence il ajouta — Moi c'est Tanguy
Comme si pour n'importe quelle question je pourrais m'adres-
    ser à lui
— L'héliotropisme madame c'est l'inespérée attraction des
    plantes vers le soleil
Nous on est exactement pareils
Comme les tournesols c'est toujours vers la lumière qu'on
    s'oriente
Et comme eux nous sommes rechargeables
Quand on ne l'est plus on a besoin d'aide

Voilà c'était cela la secte de cet aède
Il repartit débarrasser des tables

L'été ma mère veut me mettre de la crème solaire
Elle veut seulement voilà elle oublie
Tant de détails l'ennuient
 — Va donc mouiller ta tête dans la mer
Que mon frère et moi on se débrouille est son rêve assumé
Cela fait partie de la vie de cramer

On va à Saint-Tropez passer la journée sur la plage
Avec des tas d'amis on se prépare hystériques
Rien que l'idée déjà et puis le pique-nique
On part tôt le matin on revient tard le soir pour éviter les embouteillages
Mon père ne cherche même plus à se garer sous un pin
Aucun arbre n'a le pouvoir d'abriter sa voiture aussi longtemps
Il se console — On ne repartira qu'à la fraîche hein ?
Le volant ne sera plus brûlant
Le volant c'est un sujet mon éventuelle insolation non

Dès dix heures du matin ma tête cuit mon corps suit la même pente
Cinquante fois je me remouille — Sophie, mets ton chapeau ! Paul allons bon !
On a oublié le sac avec les bobs et la tente
Sous le parasol je veux la place de la glacière
— Les enfants pourquoi vous ne jouez pas à dégoter de jolis bouts de verre ?

Le soleil je l'adore
C'est lui qui fait que ma tante Anahide
Après un mois à Sainte-Maxime passe d'Arménienne à Néréide
Et puis de Néréide à Indienne elle porte un sari
Secoue la tête et dit — En Inde c'est ainsi que l'on vit

Le soleil qui fait que mon père décharné
Grâce au bronzage se sent un milord
— L'été je m'améliore
À la pétanque le frère du roi de Suède m'a dit que j'étais la classe incarnée
Il a voulu me faire plaisir !
Bientôt le prince nous reçoit
Un prince aussi bronzé que nous ma foi
D'ailleurs sa maison a un appontement où il peut cuire
Ce ne sont pas seulement les petits-bourgeois qui rôtissent comme des figues
La haute société par exemple sur les photos de Jacques Henri Lartigue
La méritocratie
C'est ça aussi

C'est encore le soleil qui seul décide ma mère l'hiver
À m'emmener quelle chance à la montagne
Mais elle innove — On ne va pas s'embêter à skier à quoi ça sert ?
Pour bronzer je vais nous faire une mixture huile d'olive citron champagne
Quoique champagne ça va nous filer des taches
Si ce qu'on dit sur ces méfaits du soleil est vrai ça ne l'est pas que je sache

Mon Dieu j'entends encore le son de sa voix !
Au refuge chaque matin on arrive les premières
Avec nos sandwiches au jambon de Savoie
Sur les chaises longues pendant des heures entières
Pas un instant ma mère ne se détourne de l'étoile solaire
Sauf à regarder vers le bar comme pour se renseigner
  — Ma fille ce qui me fait culpabiliser c'est leur manque à gagner

Consommons quelque chose va me chercher un verre
Un verre de blanc
Qu'on soit raccord avec l'environnement

Le soleil des années plus tard chez la dermatologue
— Pas besoin de me dire quoi que ce soit
Votre peau rien qu'à deux mètres je vois le catalogue
Ça sent le Sud ça
J'ai à peine quarante ans
Mon cou bousillé lui il en a cent
Le soleil a cessé de me rendre plus belle
Si je ne mets pas de crème mes mains se craquellent
La dermatologue me fait du laser
Ma mère a son propre diagnostic
Elle est fantastique
— Du laser pour quoi faire ?
Le soleil on n'en meurt pas la preuve
Elle montre sa peau parcheminée et pas que par les épreuves

Jansen fixait ses rendez-vous de manière laconique
  — Vers onze heures probablement je serai sur le port

Au port j'arrivai je vis une boutique
Un minuscule et mesuré drugstore
Quant à savoir si Jansen était là
Cette question devint secondaire
J'avais la passion des échoppes moi
L'humble commerce vendait de la crème solaire
Quelques lunettes de soleil
Des sucettes fondues que buvaient les abeilles
Et avachies comme les montres molles de Dalí des sandales
      de plastique
Sans oublier des plans de l'île
Car on l'a bien compris
Les plans avaient la cote ici
Pourtant on avait rarement vu quelque chose de plus inutile

Puisque sur cette île on n'avait nulle part où aller
Avec je le rappelle d'un côté les terribles barbelés
Et de l'autre les rochers

Au-dessus de ma tête flottait un paréo en voile de coton beige
Délavé presque vintage
La vendeuse proposa de me le décrocher
  — C'est un chèche de l'armée m'assura-t-elle
On met ça dans le désert
Aux murs punaisés des cache-sexes avec leurs ficelles
J'ironisai — Ça aussi c'est militaire ?
  — Non ce sont des minimums
Le mot me fit rire
Chez la femme aussi le rire l'emporta
  — On a un numéro entier des *Cahiers du Levant* qui parle
      de ça
Si vous voulez le lire
Elle l'avait que n'avait-elle pas ? Elle le posa sur le paréo
Une revue d'érudits avec une élégante typo
Les Minimums du Levant
De sublimes photos dedans
Le paréo la revue ces choses étaient de plus en plus à mon goût
Sauf que sur moi je n'avais pas un sou
  — Ah madame je ne peux pas
Dans mon dos l'irremplaçable voix de Jansen annonça
  — C'est ma tournée prends tout
Assis à trois mètres de moi il buvait le café devant la capitai-
      nerie du port
Ceint d'un paréo aux fils d'or
Parfumé rutilant il était venu
Comme prévu

Il se leva pour offrir sa chaise
Tout fier de me laisser voir qu'elle était dorée et de style
    Napoléon III
 — Avoue que c'est balèze
D'avoir ça là
Puis pour rendre justice au propriétaire de ce mobilier
Il me présenta l'homme à ses côtés
 — C'est le capitaine du port dit-il la capitainerie c'est là que
    l'on vient en toute occasion
Par exemple si l'on se blesse sur une pierre coupante
On reçoit là ce que Jo le capitaine appelle L'extrême-onction
C'est-à-dire des pansements la capitainerie remplace sur l'île
    la pharmacie inexistante

Je demandai par simple curiosité
 — Cela prend beaucoup de temps cette activité ?
Le capitaine déclara

— Ah madame énormément
Cela m'étonna
— Les algues inoffensives en guise de moquette les aurais-je rêvées carrément ?
— Non madame en aucun cas
Mais le moindre sentier le moindre escalier dans les roches
Ce n'est pas né par miracle
Enfin je ne sais ce que vous en a dit l'oracle
Jansen lui as-tu expliqué qu'ici cela s'est fait à coups de pioche ?
Jansen haussa les épaules
— Dis-lui toi c'est ton rôle
— Miss nous ne sommes pas à Nice
Ici on n'a pas de plage pas de galets polis par la mer
Ici les pierres sont tranchantes
On vit en pente
C'est escarpé peuchère
Et en plus ça glisse
Il s'arrêta considérant qu'il avait dressé un portrait exhaustif
De ces sublimes récifs
Subitement Jansen se leva
— Ça y est le voilà
Un bateau venait de se montrer dans la baie
Jansen subjugué le regardait

Sur le pont en chemisette
Un jeune roi
Se jetait les poignets par-dessus la tête
En se déhanchant fou de joie

J'avais suivi Jansen sur l'appontement
Le bateau finissait d'accoster faisant crisser ses cordages
Il venait s'appuyer sur les dodus pare-battage
Le jeune roi attendait maintenant
Dans la file le premier
À peine la passerelle fut-elle déployée
Qu'il sortit s'élançant contre le torse de Jansen
L'entourant de ses bras sculptés par Michel-Ange
Et souleva mon ami qui décolla
Les yeux partant loin derrière ses paupières
Il ne fut plus qu'une poupée que l'on met à l'envers
L'homme le plus cueilli qui soit

Extasié si fort qu'il ne pensait même pas à enlacer en retour
Ses deux bras lourds
Pendaient le long de ses flancs comme des contrepoids

Finalement il se ressaisit
Sur le quai cramé présenta son compère
 — Sophie voici Albert
Et l'on quitta le port — Albert avance et nous on te suit
On ne pouvait aller à deux sur le sentier
Qui était bien trop étroit
Par conséquent on dut s'égailler
En file indienne tous les trois
De la même façon que sur le bateau Albert fut vite devant
Tirant sur sa chemisette et sur son bermuda
La chemisette d'ailleurs il la retira
 — Je n'en peux plus ça colle les vêtements

ARRIVÉ AU PIED DE LA CORNICHE

Arrivé au pied de La Corniche
Albert monta les marches il voltigeait doté d'ailes
Et l'on vit valser là-haut dans l'azur comme des hirondelles
Le bermuda et un sous-vêtement
Puis nu cet Albert dévala le même escalier
Ses attributs caracolaient sur son corps délié
Il gagna les rochers en hurlant — À la mer !
Plongea et ressortit ses bras deux antennes
Nous faisant de grands signes jouant le naufragé
  — Je suis en grand danger !
Moi je touchai l'épaule de Jansen
  — C'est qui Albert ?
Jansen sursauta heureux
  — Albert c'est mon amoureux

Déjà revenait cet Albert
  — Je meurs de faim pas vous ?

Jansen proposa — On va croquer un bout
Albert démoniaque — Un bout ça ne va pas suffire il faut pas
    me la faire
D'ailleurs il sortit du frigidaire
Des soles que Jansen gardait pour le soir
Et m'annonça — Ça mérite un bon verre
Je m'occupe de la bouteille va t'asseoir
Mais je n'allai nulle part
Le charme d'Albert était tel je ne pouvais plus le quitter du
    regard
Ni sortir de la cuisine
Il chantait — Jansen tu t'occupes du feu ?
Et à moi — Il faut qu'il bosse un peu !
Jansen fondit — Il me fascine

À présent Albert coupait des tomates
À la hâte
Les tomates étaient vertes et dures
J'en fis la remarque — Elles ne sont pas mûres
Albert offusqué — Ce sont des merindas
Ça se mange comme ça
Il piqua une tranche de la pointe du couteau
Et il me fit goûter
C'était incroyablement sucré
Une fois qu'on avait passé la peau
 — Ah ça t'en bouche un coin !
Joueur il faisait gigoter le couteau dans sa main
La lame en était blanche
Il me montrait la tranche
Joyeux de m'apprendre que cette lame on n'avait pas besoin
    de l'affûter

Elle était en céramique juste plus fragile qu'un couteau ordinaire
Ça pouvait s'effriter
Si ça tombait par terre
Il précisa — Pourquoi diable cela arriverait-il ?
Puis voulant me montrer avec la lame et les tomates comme il était adroit
Albert pas si habile
Se coupa le doigt

Il lâcha le couteau extraordinaire
Lequel en ricochant sur le carrelage se brisa comme du verre
Il tomba non loin de nos orteils nus
Tomba nous évitant par politesse
Il avait déjà accompli une telle prouesse
En coupant un doigt car même pour un couteau c'était de l'imprévu
Albert cria — Eh merde quel manque de cul !
Déçu par les tomates vertes souillées de sang
Par le sérieux des choses à tout instant

Dès que l'on mettait le doigt sous l'eau on voyait une entaille
Assez profonde pour montrer l'intérieur de l'être
Ces couches on ne les voit pas souvent apparaître
Albert examinait ça comme une trouvaille
Intéressé devant le sang qui revenait
Pressant les deux bords de la plaie pour voir si ça se refermait
C'est évidemment ce qui se produisait
Et puis ça se rouvrait
Jansen arrosa la plaie de désinfectant
Il fit un pansement

ARRIVÉ AU PIED DE LA CORNICHE

Moi pendant ce temps je jetai les tomates
Passai la serpillière
Albert ballot ne faisait plus rien à la hâte
Parfaitement immobile le doigt en l'air

On reprit le sentier pour aller au port
Il fallait montrer la blessure à Jo le capitaine
Albert toujours en tête — Et est-ce qu'on te l'a dit d'abord
Que Jo c'est comme qui dirait la pharmacienne ?

Le capitaine ôta la compresse la blessure s'ouvrit cela me
    rendit triste
Jo s'essuya le front — Des strips je vais voir si j'en ai encore
Il en avait — Il faut rassembler les bords
Il les rassembla un travail d'artiste
Cela faisait des années qu'il raccommodait les distraits
Les imprudents et les benêts
À la fin il contempla son œuvre — Albert ne va pas me faire le
    chevreuil
À sauter de partout je t'ai à l'œil
Albert suçait le bout de son pansement — Oui maman

La minute d'après on s'arrêtait au restaurant
À peine sous l'auvent Albert prévenait — Je prends des
    calamars au curry !
Béat d'être accueilli en grand blessé
Tout le monde autour de lui

— J'ai failli trépasser !
Il raconta le couteau les tomates et la scène
Le carnage dans la maison de Jansen
Et surtout et encore ces tomates si sucrées
Quel dommage gâchées
Comble du soin qu'on nous accordait des tomates vertes apparurent
Comme ressuscitées pour calmer la blessure

Moi je voyais sous le coton revenir le rose du sang
Mon regard retournait vers la blessure obligatoirement
Mais Albert
— Tu ne t'en fais pas trop j'espère ?

LA SIESTE DANS MA CHAMBRE

La sieste dans ma chambre
Les dahlias couleur ambre
Le cauchemar je le faisais depuis des années
En général en me réveillant je l'effaçais une buée

Ma vie entière ce cauchemar je l'avais attaqué à l'envi
Mais certains messages sont des châteaux forts
Sans aucun pont-levis
J'avais tourné sans fin autour de ses renforts
Sans jamais entrevoir un coin de connaissance
J'avais honte de peu de choses dans la vie mais de ce cauche-
    mar oui
Car cela me faisait mal de le reconnaître mais dans ce rêve
    j'étais à la merci
De la pire violence

    Ce rêve le voici je rentre un soir chez moi

La cage d'escalier de mon immeuble et moi dedans
J'ai le cul nu inexplicablement
Dans le noir la lumière tombe droit
Sur cette peau fragile
Et soudain une serpe me lézarde le flanc
Je reste immobile
Sans douleur ni hurlement

J'ouvris les yeux dans la chambre si paisible
La blessure d'Albert depuis toujours dans mes rêves était-ce
    possible ?

J'ai seize ou quinze ans
Début juillet juste avant les vacances
Dans les rues il y a un air de fin et un air d'urgence
Qu'ai-je encore été raconter à mes parents ?
Que je passe la nuit chez ma meilleure amie
D'ailleurs chez elle nous nous préparons
Et après nous sortons
À quatre heures du matin avenue Matignon sur une piste de
 danse
C'est moi qui me dandine avec mon amie sans avoir aucun âge
Nous dansons nous dansons le plaisir est intense
Cette liberté-là mes parents en feraient un fromage
On la leur cachera
Mentir si c'est juste taire ce n'est rien n'est-ce pas ?

Dans cette boîte de nuit avenue Matignon
Les murs sont noirs les fauteuils ronds

Le bruit ici rend sourd
Un beau jeune homme s'approche de moi
J'en ai le souffle court
À mon oreille il pose une question en anglais
L'anglais c'est la première fois que je le parle ailleurs qu'en
    cours
Je n'ai pas le temps d'être intimidée
La barrière de la langue est pulvérisée
Par la nécessité
Le jeune homme est plus que gentil il est sublime il explique
Que son pays c'est le Mexique
Qu'il voyage avec son frère ils traversent la France
Pile à Paris ce soir la chance
Certes le frère a une tête moins romantique
Moins de boucles dorées moins de vert dans les yeux
On s'en fiche puisque ce n'est pas lui qui demande mon
    téléphone
Ce n'est pas lui qui le lendemain appelle en personne
  — Alberto do you remember ? You gave me your number
À mon avis grammaticalement c'est You gave to me
Mais je veux me faire un ami
De quoi aurais-je peur ?

Place de la Concorde a-t-il proposé et donc j'y suis
En avance certainement
Il y a l'obélisque et bientôt il y a lui
Lui encore plus gigantesque que le monument

Il m'accueille d'un baiser sur la bouche
Je juge savoureux qu'on me touche
On doit aller au musée de l'Orangerie
Voir les impressionnistes je sais que ça existe
Je ne suis pas une ignorante mais ce qui est triste
C'est que dans la journée je vais découvrir que si

Au musée les tableaux sont inoubliables
Mes yeux vont de biais vers le dieu du Mexique
En anglais il dit — Tu sais qui est Monet ?
Bien sûr que je le sais
Je suis parisienne ça implique

Que j'en sais long sur un tas de choses
Mais devant *Les Nymphéas* je dis — C'est la période rose

Voilà c'est moi je suis cette personne
Qui peut flirter avec un inconnu
J'aime beaucoup cette liberté que je me donne
On ne me commande plus
J'ai déjà embrassé des garçons
Avec l'un bouche contre bouche mais on ne se sentait pas si bien
On était arrêtés par tant de vide
Pourquoi les gens étaient-ils si avides de le faire s'il ne se passait rien ?
Je le découvris assez vite

Le jeune homme du Mexique en face de moi est intelligent
En anglais — Ça te tente
Que l'on aille au concert demain écouter Elton John ?
Je ne réfléchis à rien — Oh oui tu m'étonnes Elton John !
Il m'offre un nouveau baiser
Beaucoup plus sophistiqué pour me remercier
Notamment d'être d'accord dans l'hypothèse où je le serais
De passer non loin de là à son hôtel
Où il a oublié son porte-monnaie
D'habitude il l'emporte toujours avec lui là c'est accidentel

Maintenant nous marchons place de la Madeleine
Je ne suis jamais entrée dans un hôtel
C'est plein de dorures le jeune homme se donne la peine
De me tenir la porte de l'ascenseur
Il se colle à moi quelque chose martèle

La mécanique à l'intérieur ou les battements de mon cœur
Je vis une aventure exceptionnelle

Dans la chambre on tombe sur le frère
Qui se lève surpris d'un des deux lits jumeaux
Sans nous regarder il part il a à faire
Surtout après avoir entendu quelques mots
Prononcés par mon jeune homme en espagnol

À partir de maintenant je comprends beaucoup moins les paroles
L'espagnol au lycée je viens de commencer
J'essaie de revenir à l'anglais mais mon jeune homme y a renoncé
On dirait qu'il préfère
Que dans une langue étrangère
On discute un peu sur le lit
Tandis qu'il retire partiellement ses habits

Ce que je vois là je ne l'ai jamais vu
Ce n'est pas laid ce n'est pas beau
Ce n'est pas pire que laid c'est mieux que beau
Ça a l'air velouté et c'est inoffensif
C'est comme du caoutchouc
Je touche et en plus c'est très doux
Si par exemple j'estimais que c'était agressif
Je prendrais la porte on ne me verrait plus
Mais je reste je suis fascinée
Alors c'est donc pour ça que je suis née
Il amène ma main comme on guide vers un petit chien le poignet d'un enfant
Tu vois ça ne mord pas tout le monde est content

Il amène ma bouche pour me faire goûter un mets géant
Ce n'est pas exact que ça me dégoûte
Mais j'ai des doutes

Je dis — Je veux retourner dans le jardin
Avec deux doigts il montre ses oreilles il n'entend pas bien
  — Je veux le jardin
Je le dis en anglais vaguement en espagnol et même en
    français
Il fronce les sourcils comme si je parlais latin
Je suis déshabillée pourquoi ?
Je me rassieds une fois deux fois

Sur la table j'aperçois le porte-monnaie
On l'a trouvé ça y est
Hélas le jeune homme ne s'intéresse plus à ça
  — Tu vois bien que tu ne peux pas me laisser dans cet état
Cela en espagnol
Un endroit de son corps est incandescent

Dès que j'essaie de me lever il me redescend
Il me remet sans cesse de traviole

En désespoir de cause je me lance à faire
Des progrès fulgurants donc en espagnol
  — *No puedo tengo miedo*
Soy virgen estoy virgen virgina virgo
Une illumination je révèle mon âge
Celui-là qui depuis est dans le potage
Il se tape sur le front
Comme si je le mettais au défi d'élucider un casse-tête
Et nous restons
Nus honnêtes
À mon avis tout prêts de l'évidence qu'il faut se rhabiller
Tant pis pour ce que j'ai sous les yeux cette colonne

Il doit bien pouvoir la replier
On réfléchit à cette éventualité quand il s'écrie — *Tengo una solución* !
Il va nous sortir de là je trouve
Je voulais voir le loup je ne suis pas une louve
Il est un peu déçu c'est normal

Il part dans la salle de bains
Il a quelque chose à la main quand il revient
Il a l'air décidé et calme et presque rassurant d'un général
Par là j'entends qu'en plus de commander
Il a l'air de savoir exactement ce qu'il convient de faire
Il me met sur le dos moi je me laisse faire
Je m'instruis
À la main c'est un flacon de crème pas besoin de demander
Je reconnais le bruit
Que ça fait

Je ne sais pas ce qui a démarré
Je suis un bébé je commence à pleurer
Je me souviens de quand à Nice en vacances
Je retournais les scarabées pour les neutraliser
Là je suis carrément punaisée c'est la seule différence
Encore plus que l'insecte je suis immobilisée
Je cherche ma personne sans la trouver
Il n'y a plus qu'un corps qu'il faudra retrouver

Je me rappelle les habits
Je deviendrai critique de mode dans la vie
Je revois chaque vêtement le jean était un Wrangler
Dans la boutique le premier jour il me faisait des fesses en l'air

Le sweat-shirt Fruit of the Loom vert bouteille
La petite besace Upla une merveille

Après c'est fini pourtant je continue à pleurer
Je remets le jean Wrangler
Avec lenteur
Ce qui est déroutant c'est que le jeune homme entreprend de me consoler
— *Nunca olvida que esto no es amor*
Je reconnais la forme impérative
Il pose la main sur mon épaule je suis sur le qui-vive
Ça aussi ça le désole maintenant il se justifie
— *Lo que pasó hoy pasa cuando los hombres pierden la cabeza*
C'est ce qui se passe quand un homme perd l'esprit
Il ajoute désemparé — *Eso no es amor*
J'ai un tremblement de tout mon corps
Lui regarde le mur et moi une tasse
On ne peut plus se regarder en face
Toujours en pleurant je vais vers la porte
Elle est fermée à clef
Mais elle est dessus la clef
C'est idiot j'aurais pu m'échapper au lieu de faire la morte

Il est adorable avec moi dans la rue
Prévenant comme si j'avais eu un accident
Dont il aurait été le témoin vigilant
Je ne pense même pas que c'est un malotru
Chose pour moi encore plus déconcertante
Avec des égards inédits pleins de diplomatie
À un taxi il me confie
En me donnant de l'argent une somme à mes yeux exorbitante
Le taxi avance et le garçon du Mexique sur la chaussée rétrécit
Il devient minuscule
Même un peu ridicule
On passe place de la Concorde — Arrêtez-moi ici
Je vais rentrer à pied
Je veux faire des économies arrêter de payer
Quand on déraille ce n'est jamais à demi

Chez moi je retire mon jean
Je ne suis pas étonnée de découvrir du sang
Ne serait-ce qu'au lycée on m'a appris les grandes lignes
La virginité se perd un jour mais là où c'est plus angoissant
C'est que six jours plus tard ça saigne encore
Dès que je fais un effort

Le septième jour je vais voir ma mère sa tête
Quand j'entre dans le salon en larmes — Maman j'ai peur
La grosse bêtise je l'ai faite
Et il est arrivé malheur
Dans mon esprit moi c'est un péché que j'avoue
Je n'ai rien empêché du tout avenue Matignon
— Rien empêché du tout le garçon si mignon m'a donné rendez-vous
Place de la Concorde
J'implore miséricorde
Je n'ai rien empêché du tout
Et j'ai l'impression que quelque chose a du mal à cicatriser
Je perds du sang constamment
À un endroit que je ne comprends pas vraiment
Maman je suis terrorisée

Le gynécologue comprend la blessure au premier coup d'œil
— Ma petite je n'ai pas besoin d'examiner davantage
Je ne veux pas être plus invasif compte tenu de ton âge
Viens descends du fauteuil
Voilà c'est une blessure anale
Ah si je le tenais cet animal…
Tu lui as dit que tu étais vierge c'est ça ?
Je reconnais — Oui c'est ça

Il est plongé dans ses réflexions
De derrière son bureau maintenant il semble estimer ce que je
    suis capable d'entendre
À seize ans à quinze ans avec mes yeux si tendres
Le docteur prend une inspiration
 — Dans certaines cultures où la virginité est trop considérée
Pour la préserver on fait l'amour par cet autre côté
D'après ce que tu m'as raconté
Ce garçon peut-être pour ne pas te déshonorer
A cherché une solution assez banale

Tengo una solución prend alors tout son sens
C'est ce que dirait le garçon pour sa défense
Je comprends mieux où j'ai mal
Le gynécologue — Là ça s'est fait tellement violemment
Sur l'ordonnance il met plein de médicaments

 — Allons à la police je dis à ma mère sur le chemin du retour
 — Pour leur apprendre quoi ?
Que le monde est plein de salopards tu crois
Qu'ils l'ignorent mon amour ?

Jansen l'avait dit — N'importe quel chemin mène vers les criques
Pourtant je me perdis
Momentanément beaucoup moins dégourdie
C'est à quel moment déjà qu'on oblique
Et qu'on reconnaît le nom des maisons ?
Les Loupiots La Cachette Mon Amour La Saison
Là où j'étais à présent cela ressemblait à une voie sans issue
Un terre-plein
Je ne cessais de passer et repasser par où j'étais venue
Sans trouver aucun autre chemin
C'est mon cerveau qui tournait en rond
Coincé avenue Matignon

Mais soudain je vis un escalier
En plus il était monumental
Il descendait vers le port par de larges paliers

Je ne l'avais jamais repéré était-ce normal ?
Comment Jansen avait-il pu oublier de me parler d'une chose aussi révélatrice ?
Ça coupait la colline une vraie cicatrice

Évidemment je la reconnus
Greta Garbo sous le soleil à l'heure la pire pour son âge
Dans l'escalier Garbo toute nue
Un bob sur la tête même pas à la main le paréo d'usage
Quand elle fut à portée de voix j'osai — Madame cet escalier
    descend bien vers la mer ?
Question stupide c'était l'évidence
Au bout de la pente patientait l'étendue bleue familière
Elle répondit — Oui c'est la Perspective
Le côté presque pompeux du mot lui donnait tout son sens
Prêtresse la femme parlait-elle de mon avenir ?
Les fées c'est connu restent très évasives
Or ce n'était pas là qu'elle voulait en venir
Elle développa — La Perspective c'est le nom qu'on donne à
    cet escalier
Regardez il s'ouvre sur la passe
Il s'ouvrait c'est vrai déplié

Droit vers la passe de Port-Cros il fendait l'espace
Tout était donc fendu en ce monde
— C'est quand même dingue ! m'exclamai-je
Elle haussa les épaules d'un air de dire qu'en sais-je ?
Et disparut à la seconde

Une éternité au moins
C'est le temps que je passai assise au bord de l'eau le menton sur mes poings
Mon histoire j'avais cru un jour la raconter
Une émission de radio enregistrée à Paris dans une chambre d'hôtel
J'évoquai ma malchance de jeunesse au débotté
À la fin j'avais dit — Bah oui mon histoire est celle
De tant de femmes

Pour ne pas en faire un drame
J'étais même capable de plaisanter — Je ne sais même plus en quelle année
Ah ah j'ai vraiment le choix dans la date
Et je riais comme une damnée

Il y avait une blague à un moment à propos du doigt dans la chatte
On ne la fait plus trop tout se démode
Un jour la blague est malcommode

Chez la psychanalyste où finalement je m'étais rendue
Je me jugeais avec sévérité
Se fier à ce jeune homme quelle stupidité
Avec une infinie patience la thérapeute me faisait parler là-dessus
Je m'arrêtais toujours avant la blessure
Étendue face au mur
Résistant devant un précipice
L'image c'était un trou et dedans quelqu'un qui glisse
Je quittais le divan éreintée j'avais une crise d'herpès
J'étais épouvantée par ma faiblesse
À chaque séance la psychanalyste m'écoutait — Han-han...
Je parlais de brèche sans comprendre pourtant

Combien en avais-je eues de ces crises d'herpès ?
Elles blindaient mes fesses
Place de la Madeleine une faute d'inattention
Putain ce n'était pas cela du tout en fait
Quelqu'un m'avait ouverte en deux si ahurissante que soit cette vision
On m'avait séparée comme une raie sur la tête
J'avais caché au monde et à moi-même cette misère
Mais mon corps lui n'avait pu rien taire
Dans cette histoire il n'était pas que la vedette
Il était aussi le témoin principal de la scène
Il essayait de s'exprimer espérant qu'un jour je comprenne

Depuis des années par un cauchemar il me disait — Une serpe
Mais je ne comprenais pas
Une fois j'avais entendu le mot Herpe
Ce mot m'avait hantée je ne sais pas pourquoi
Mon corps à ce mot frémissait
En ce temps-là j'avais d'infernales crises d'herpès
À cet endroit je veux dire à cet endroit-là
On ne voit pas et puis un jour on voit
Une serpe et des fesses
Mon corps si longtemps si courageusement avait hurlé
    — Regarde ce qu'on nous a fait...
Accorde-nous la douceur s'il te plaît

Je me mis à pleurer
Moi qui le faisais si difficilement
Pas une larme à la mort de ma mère
Lors de la mise en bière ce moment
Quand les deux employés des pompes funèbres m'avaient fait
    sortir de la chambre mortuaire
Parce que ma mère son dos elle l'avait très voûté
Et fermer le couvercle nécessitait une manipulation
Dans leurs explications ils s'étaient empêtrés
Je n'osais pas me plaindre pas une seule objection
Je hochais la tête par respect pour le métier difficile de ces
    gens
De toute manière si je m'étais révoltée à quoi aurais-je dit
    non ?

Ces larmes se mirent tant et si bien à ruisseler
Je les chassais à mesure d'un revers du poignet
Elles partaient éclabousser le rocher qui semblait les avaler

Sur mon visage les flots se renouvelaient
Je sais que les larmes sèchent vite au soleil et que c'est un
      phénomène naturel
Tout de même là c'était à un point inhabituel
On aurait dit que c'était bu
Pas perdu
Ça m'intrigua et intriguée je fus distraite
Et distraite une idée me vint en tête
Celle de soulever le pansement imparfait posé par le passé
À l'endroit où j'avais eu si mal
Si mal que le rocher était peut-être une pierre tombale
Sous le pansement allais-je trouver une trépassée ?

Eh bien j'eus un de ces chocs
Car sans aucune équivoque
Sous le pansement sous l'ignoble irréversible premier contact
La douceur était là intacte

Et qui apparut sur la crête du chemin ?
Le solaire Jansen
Comme un dieu toujours au moment opportun
De là-haut il me fit un grand signe — Viens je t'emmène
Je me dépêchai de remonter
Laissant le rocher insatiable
Et avec lui l'ancienne blessure désormais attestée
Je gravis avec une adresse remarquable
Les marches affûtées fonds de commerce du capitaine
J'arrivai exaltée à Jansen

Il portait un bermuda
 — Le doigt ! il s'exclama
Le doigt d'Albert ma chère il a fallu recoudre ça saignait bien
La vedette du capitaine nous a emmenés au centre médical
        moi qui déteste aller sur le continent
Ils lui ont fait trois points

Il a même un pansement spécial pour les bains de mer
Tu vas voir ça on dirait une poupée de latex
Ça pourrait nous distraire
Les yeux toujours brillants quand il parlait de sexe

On trouva Albert étendu sur le canapé du salon
Il admirait sa poupée
— J'en voulais une de toute façon
Jansen semblait plus préoccupé
— En tout cas aujourd'hui pas de baignade
Albert annonça que justement il était demandé au port à l'Ayguade
— On va vite savoir s'il est étanche mon doigt d'honneur !
Et il se le lécha
Les gens qui n'ont pas peur
C'est vraiment quelque chose ça

Il partit en gambadant le corps adroit
Un funambule sur le fil du sentier
Il chantait à tue-tête — *La cucaracha la cucaracha*
Ya no puede caminar guère gêné par son membre estropié
Il fit volte-face et nous tira la langue
La malice au visage la malice sur les fossettes au-dessus de ses fesses
— Oh que j'aime chez lui cette allégresse
Disait Jansen en ouvrant une mangue

Moi je repensais à cette journée
La serpe élucidée après tout ce temps
Le rocher avait bu mes larmes quel être au monde est capable d'en faire autant ?

J'allai dans la cuisine — Jansen je trouve cette île très incarnée
Il fut intéressé par ma remarque
   — Oui confirma-t-il parce que les îles d'Or sont les filles d'un monarque

Il venait de poser devant moi l'assiette avec le fruit offert
— Tu te sers
La légende raconte qu'il y a longtemps ici avant les Celtes et
    les Ligures
La région avait un souverain
La terreur de ce prince était que l'on capture
Ses filles son plus cher bien
Elles étaient quatre et turbulentes
Bonnes nageuses
Et fort joueuses
Elles s'aventuraient en mer et le souverain disait — Ça me
    tourmente
Il n'avait pas tort de se tourmenter
Un matin qu'elles s'étaient de nouveau entêtées
Des pirates les surprirent en train de nager
Ce que les bandits convoitaient chez elles je te laisse y songer
Aux cris stridents qu'elles poussèrent

IL VENAIT DE POSER DEVANT MOI L'ASSIETTE AVEC LE FRUIT OFFERT

Il comprit tout leur père
Il les vit au large hors d'atteinte pour son malheur
Qui se débattaient sans doute en pleurs
Il invoquait en vain les dieux les déesses les fées les idoles
Pendant que ses enfants là-bas devenaient folles
Et quand une divinité se fit entendre
Elle dit au prince — Tu vois tes filles à quoi elles peuvent
    s'attendre
Je peux empêcher qu'elles soient violées
Mais pour cela je dois les pétrifier
Le prince s'en remit à la divinité — Fais ce que tu sais faire
Instantanément les quatre filles furent changées en pierre
Et les pirates coulèrent
Comme des pierres
Les îles d'Or ce sont ces inviolées elles sont tous ces rochers
Et moi — Où ça va se nicher

C'était l'aube encore
Le serveur s'étonna — Vous êtes tombée du lit ?
Seuls les moineaux piaffaient déjà dehors
Le ciel naissait doré orangé je pensai C'est joli
La plus simple expression
Je le dis au serveur — C'est joli
Mais il avait l'esprit de contradiction
Il regarda mieux lui
　— C'est beau
Il avait raison c'était ça plutôt
Nous nous aimions bien j'allai nager
Sans bruit pour ne pas réveiller l'hôtel à cette heure
Doucement je faisais émerger
Mes pieds mes mains mon visage la lenteur
Me faisait un bien fou
Les pieds du serveur sur la margelle — Vous avez fait trois
　　　kilomètres en tout

Je crevais de faim en me hissant sur le parapet

À table à côté de moi un couple ricanait
Ces deux-là c'était évident ils étaient de passage
On avait dû leur dire — Si vous êtes dans les parages
Ne ratez pas le Levant ça promet
Ils se donnaient des coups de coude
Qui se voulaient discrets
Ce n'est jamais discret les coups de coude
La terrasse entière les remarquait
Eux se croyaient protégés derrière leurs lunettes noires
Ils ne voyaient pas qu'en fait de voir
On ne voyait qu'eux
Ils continuaient de juger comme des furieux
Reluquant ceux le flanc à l'air
Ceux là-haut au cours de yoga sur la rotonde
Ceux sur les matelas et les patrons avec leur tablier ouvert
Donc en fait ils jugeaient tout le monde

À Saint-Tropez sur la plage
Mes parents organisent des pique-niques
À une certaine heure les adultes ont un déclic
Avec des mines étranges ils annoncent — On part en reportage
Un seul d'entre eux reste avec les enfants et les affaires
Les parasols les glacières
Les autres s'esbignent le dos conspirateur
Le vilain dos des voyeurs
Ils vont voir les nudistes
En touristes
Ils reviennent une heure plus tard
Racontent à mots couverts car ils ne peuvent pas se retenir

Tout ce qu'il faut avoir vu avant de mourir
Puis courent se jeter à l'eau rigolards

Le couple détestable venait de voir passer Greta Garbo
Il n'en pensait pas moins
De cette femme qui n'avait que la peau sur les os
De la vieillesse qui décidément n'avait honte de rien

 — Fin août on a encore du trafic marmonna le serveur
D'un air de dire Patience
À la mi-octobre on entre dans l'automne c'est une autre ambiance
Le temps change en une heure
 — Oh non Tanguy... En une heure vous m'étonnez
Il tordit son nez
En y mettant tant de malice
Il repartit il était en plein service

Trois cafés formaient la place du village
La Bohème La Pomme
Et l'un bien sûr s'appelait Le Minimum
Quelques mètres plus loin j'aperçus providentielle
Un magasin où flottaient des étoffes pastel
Les habits je l'ai dit ont donné un sens à ma vie
Et ce qu'on porte sur le dos
Je cherche depuis des années ce que ça signifie
Est-ce une aide ou un fardeau ?

En m'approchant je vis un peignoir en éponge jaune citron
  — Bonjour il est irrésistible non ?
Elle s'appelait Isabelle
Et la boutique était à elle

  — Bonjour je suis une amie de Jansen
Elle le savait déjà

— Tout le monde sait que vous êtes là

J'entrai dans la boutique l'esprit vibrant d'antennes
— *Capitale de la douleur* est-ce que ça vient d'ici ?
— Mais oui

Je vis les paires de vases de Vallauris les miroirs cerclés de
    coquillages
Les foulards touristiques en coton d'un autre âge
Mon paréo me dégringolait du corps si mon bras se tendait
Et mon bras se tendait
— Et ça qu'est-ce que c'est ?
Des piles de revues vintage posées sur une longue table
Une femme nue sur la pointe des pieds
Telle une pin-up des années cinquante sur un calendrier
— Ça madame ce sont nos archives consultables

La Revue naturiste c'était le nom d'un de ces magazines
Mais il y en avait d'autres sous les meubles et au-delà
Sur les tabourets et parfois le tabouret était fait de ça
Les piles au fond de la boutique étaient si hautes cela servait
    de cabine
La Vie libre La Vie sage La Vie saine
La Vie au soleil La Cure naturiste
Vivre intégralement Le Nu optimiste
Et *Le Grand Magazine de culture humaine*
En feuilletant les revues quelque chose attira
Mon attention ces femmes nues ne l'étaient pas
Ahurissante constatation
La censure de l'époque avait peint à la main des maillots sur
    leur corps

Jusqu'ici sur ces îles d'Or
Je dis à Isabelle — Ce que le monde est con
Elle me sourit
  — Ah ça la connerie...

Pour illustrer ce mot l'insupportable couple de l'hôtel entra
    chez elle
Comme le serveur elle savait très bien à qui elle avait affaire
Elle reconnaissait de loin ces mentons de touristes fausse-
    ment innocents
Ce climat de risible mystère
Les bruits que ce couple faisait en gloussant
Devant les minimums qu'il n'achèterait sûrement pas en plus
La vendeuse en avait vu passer tant de ces gugus

Bien sûr leurs yeux tombèrent sur les revues
Les archives consultables n'eurent pas le même effet sur eux
    que sur moi
Ils les feuilletaient avec un rire à peine contenu
Ces filles nues elles voulaient quoi ?
Ils en avaient une idée
Un voyeur c'est d'abord par les yeux qu'il va se dévider
Ce qu'il termine ensuite chez lui on s'en fiche
À la limite c'est de la triche
Ce qui compte c'est là sur le moment
Le fameux jugement
Ils s'excitèrent sur les maillots de bain
Rajoutés à la main
Et puis ils déguerpirent
Isabelle soupira — Ceux de cette espèce c'est le pire

En descendant vers le port je vis Jansen et Albert sur
    l'embarcadère
Près du bateau en pantalon tous deux
Incompréhensiblement couverts
Le dos bien trop sérieux
Ils étaient sur le point de monter à bord quand j'arrivai
Jansen m'expliqua — Le pansement il faut le refaire
Parce que ça saigne c'est l'enfer
Albert ricanait
 — Je ne te montre pas c'est gore j'ai trop joué avec

J'imaginais les pires conséquences d'une telle légèreté
Et si le doigt allait s'infecter ?
 — Ne fais pas cette tête-là eh c'est pas mes obsèques !
On revient par le dernier bateau que veux-tu qu'on te
    rapporte ?
Je pensai C'est fou la façon dont il se comporte

Là à faire le malin
— Alors tu ne veux rien ?
Il multipliait les gestes diaboliques avec son doigt
Sans plus m'inquiéter je criai — De la crème d'anchois !
— Ce sera fait promit-il
Mais je te trouve bien futile

La mer commençait de moutonner dans l'anse aux pierres
    plates
La houle venait tracasser
Le tapis d'algues aux feuilles si tassées
Sur lequel je me tenais droite
L'incurable insouciance d'Albert
Son refus obstiné de toute limite
Et puis cette façon qu'il avait si sincère
De ne jamais s'en faire alors que ça va vite
En un éclat de seconde votre vie bascule
Moi à sa place j'entends par là avec une blessure
Je n'aurais plus osé le moindre risque j'aurais vu l'importance
De prendre des précautions
Alors que lui miraculé permanent non

  — Vous vous tenez beaucoup trop à distance

J'ai vingt-neuf ans je vois un cador de la psychanalyse
Place de l'Opéra
— Monsieur il faut que je vous dise
Et je m'arrête là
Parce que je suis comme ça
Et lui — Vous n'appelez pas un chat un chat
Ni une chatte une chatte
Je ne sais pas si j'ai envie de vous prendre... L'homme est peu
    diplomate
Salaud mais assez spontané
Certes ce n'est pas très bien amené
Ça lui est sorti en quelque sorte
Les psychanalystes si on passe leur porte
C'est pour faire la lumière
Hélas mes zones d'ombre que cet homme a tout de suite
    devinées
Cette délicatesse extrême dans ma chair
Qui va transformer mon être en vocabulaire
Il la juge problématique
— Ma chère demoiselle il y a un hic
Je ne sais pas si j'ai envie de vous prendre
La phrase répétée comme pour me la faire apprendre
Je débarrasse le plancher
Après je lui écris sans me fâcher
Cher monsieur moi non plus je ne sais pas si j'ai envie d'être
    prise par vous
Gros bisous

J'ai neuf ans l'homme je le vénère
Quand j'étais petite lui seul a su m'apprendre à nager
La main à plat sous mon ventre dans la mer
Je nage il retire sa main il dit — C'est sans danger
Je nage Seigneur c'est grâce à lui il s'appelle Marc
Je l'aime et il a une odeur
Pendant des années je rechercherai cette odeur du bonheur
Je l'aime tout le monde remarque
Que je me jette sur ses genoux
Contre son cou
Une fois nous déjeunons au bord d'une cascade
À côté de Salernes dans le Var
Pour la sieste on s'étend au hasard
Lui il étale une couverture
Dessus je fais des galopades
Et puis je décrète — Je reste
C'est avec toi que je veux faire la sieste

Il dit — Oui ! car il me dit toujours oui
 — On va faire du pédalo ? — Oui !
 — Je monte sur tes épaules et je saute dans l'eau ? — Oui !
Il dit — Oui ! et sur la couverture il se couche
Dos à moi aussitôt je m'appuie
Contre ce corps que je touche
Aux épaules aux cheveux
Je ne sais pas ce que je cherche
C'est si bon
Et soudain l'homme retire mes mains et dit — Non !
Sans appel il met fin à ma recherche
Et il s'endort
Et ce Non c'est de l'or
Disant Non il sauve ma pomme
Parce que c'est ça un homme

J'ai treize ans à un mariage un ami de mon père
  — Sophie tu sais pourquoi parfois tout est délicieux ?
Il va me le dire j'espère
Il murmure — Voilà c'est savoureux
Parce que absolument personne ne doit savoir
  — Que c'est savoureux ?
  — Non c'est plutôt que personne ne doit savoir personne ne doit voir
C'est comme ça que c'est le mieux
Par conséquent il propose d'aller derrière le buisson deux secondes
J'y vais et rien au monde
Ne pourrait m'empêcher de faire ce que je fais
Il m'embrasse du bout des lèvres j'allais dire presque sans un geste
Il me laisse imaginer le reste
C'est d'une douceur inracontable en effet

Contre le buisson les mots manquent
Et on sort de la planque

J'ai quatorze ans un camarade de classe nous invite chez lui
Une amie et moi — Vous pouvez vous installer
Une cassette vidéo il nous laisse seules devant
Lui il part dans sa chambre
Devant y chercher quelque chose car pour quelle autre raison
Nous laisser seules dans sa maison ?

Toutes deux dans son salon sur le canapé
Même pas capables de commenter
Les images on n'en veut pas
Ça montre des choses si crues eh bien
C'est simple on n'en croit rien
Au lieu de regarder près de la baie vitrée je fais les cent pas
Le balcon donne sur la maison de Balzac j'aurais envie
D'aller la visiter à ce moment précis
Le camarade revient dans le salon
Il est pâle

— Tu es livide aurais-tu mal ?
Il secoue la tête — Non non ce n'est pas du tout ça je vous jure
Mais rien n'est sûr

J'ai vingt ans celui-ci est un intellectuel
Il emploie de grands mots comme Le plaisir charnel
Trois ans auparavant sa femme s'est donné la mort
L'homme cherche le réconfort
Il ne sait pas si je pourrai le sortir de son drame
Moi j'ai bon espoir
Je suis à peine amoureuse de lui pourtant
C'est si contradictoire
Les sentiments
Je veux juste avoir une vie sexuelle
Ne pas déployer juste des ailes

Selon l'expression consacrée nous faisons l'amour
J'aimerais que ce soit court
J'essaie de ne pas montrer le zeste de méfiance
Zeste immense
Qui me submerge quand cet homme m'approche

Je le sais bien que quelque chose cloche

Parfois il évoque sa femme disparue
Pour dire l'horreur qu'il a vécue
Et puisqu'il se confie
Une nuit très tard
Je lui en parle en amie
  — Moi aussi j'ai vécu un cauchemar
  — Ah oui lequel ?
Je le lui raconte tel quel
Pas la serpe inabordable
La partie de moi disons Archive consultable
Le garçon si mignon
Avenue Matignon
Les Tuileries la Madeleine l'hôtel et mon sort
Il dit — C'est une sodomie
Moi je n'aime pas ce mot mais lui il l'adore
Et je le vois joindre le geste à la parole

La reproduction
Ce n'est pas juste faire des enfants non
C'est une chose aussi qui peut vous rendre fou vous rendre folle
On dit — Les gens reproduisent
Comme si c'était un peu leur faute d'ailleurs
  — C'est à croire que tu te complais là-dedans leur disent
Les fins observateurs
Et l'on ne peut rien faire pour eux
S'ils mettent tant du leur
À être les artisans de leur propre malheur
Ils pourraient se diriger mieux

On reproduit pour revenir
Au point où enfant on a vécu intensément
Rien n'est intense comme souffrir
C'est pour ça qu'on torture les gens
Si la torture a sa grandeur
C'est qu'il n'y a rien au-dessus
À part la douceur

J'ai quarante ans je tombe amoureuse d'un homme la douceur-née
Un soir je contemple la première surprise
Je regarde ses mains durant tout un dîner
Parce qu'elles sont arrondies larges exquises
Je prends la confiance
C'est une expression des adolescents d'aujourd'hui

Un matin sur mon lit
Je fais une photo de l'endroit c'est fort quand on y pense
Où la serpe pendant des années s'est abattue
Je fais ça moi une photo de moi nue
J'en fais d'autres dans la foulée
Ma confiance sans mesure
Dépasse cette fois-ci de beaucoup mon armure
C'est un tel miracle que je me rappelle un soir
Avoir prié — Seigneur merci

J'aurai le bonheur moi aussi
Je connaîtrai la joie avec l'homme qui m'écrit Avant toi je
    n'avais plus d'espoir

Et puisqu'à présent nous sommes deux à espérer
Je me laisse serrer

Des années plus tard j'apprends que l'homme en question a
    un talent particulier
Il est tendre on ne se méfie pas
Et les femmes lui envoient
Des photos d'elles nues qu'il met dans un fichier

Dans la crique une famille nombreuse en plus
Qui parlait russe
La femme criait — *Idi ciouda bistro* (reviens tout de suite)
À son enfant qui courait vers la mer
Je me levai à la hâte pour faire barrière
Mais comme souvent les enfants celui-ci désapprouvait qu'on
    le limite
Avec bonne humeur je le retenais par l'épaule
Il ne trouvait pas ça drôle
Et furieux il se débattait

  — Bonjour me dirent ses parents
Bonjour était peut-être le seul mot de français qu'ils
    connaissaient
Ils se saisirent de leur enfant
Ce garnement qui m'en voulait encore de l'avoir arrêté
Sa tête rancunière

Se retournait sans cesse pour me faire regretter
Mes méchantes manières
Son ressentiment dura même quand ils furent tous à l'eau
Je voyais dépasser à la fois ses brassards
Et son noir regard de marmot
L'eau il était dedans malgré mon intervention c'était sa victoire
Ce que j'avais voulu empêcher
Son bain
Eh bien
Ça n'avait pas marché
Dans un décidément tenace esprit de revanche
Il sortit de l'eau la mâchoire carrée
Et pour prouver qu'il avait plus d'une paire dans sa manche
Passant près de moi à nouveau se mit à décarrer
Prenant des risques inconsidérés dans les rochers austères
— *Idi ciouda bistro* criait sa jolie mère

C'est fort le ressentiment
Cela vous vient de dedans
Moi je n'en avais jamais éprouvé aucun
C'était ça mon destin
Dans un monde féru de vengeance
Ma douceur pouvait ressembler à une incohérence
Parfois des amis essayaient de me remonter comme on dit
  — Ce salaud du Mexique
Faudrait le menacer d'un procès qu'il panique
Faire chaque hôtel de la Madeleine consulter les archives
Quand on veut on y arrive
Je secouais la tête désolée
  — Je ne veux me battre avec personne moi
  — Bah c'est toi qui vois
Mais pour eux c'était tout vu
Un salopard au Mexique ni vu ni connu

Maintenant l'époque elle-même me donnait tort
L'époque des mises à mort
D'année en année j'avais vu la douceur de moins en moins à la mode
En moi l'isolement s'intensifiait
Jour après jour j'ajoutais la haine à tout ce dont je me méfiais
Une sociologue à la radio — Plus personne ne s'accommode
D'une réparation morcelée
Et c'est vrai chacun réclamait la justice
Si lui c'était un con alors son compte était bon et qu'on le raccourcisse
Et j'étais là douce à crever
Au milieu d'un monde plus qu'énervé
Rétablir la peine de mort on allait y venir à un moment
 — Tu nous emmerdes avec tes bons sentiments

L'enfant russe criait victoire en haut des marches
Étais-je la reine des lâches ?

Il y a des années mon frère avait épousé Miss Volgograd
Mais pour arriver à ce grade
Elle avait accepté de poser nue dans *Play Boy*
À quatre pattes
Avec une bouche écarlate
Mon père était déjà mort ma mère avait soupiré — Bon c'est pas le Bolchoï
Mais on l'avait fêtée la gosse
Le jour de ses noces
Cette Russe Elena
Dix-neuf ans et grande au point qu'elle faillit entrer au Crazy Horse
Soulevait ma mère dans ses bras
En gazouillant — Petite mama
La sienne lui manquait coincée là-bas
À Volgograd sans chauffage

Quand Elena se laissa connaître
C'est une esthète que l'on vit apparaître
Instruite comme pas possible malgré son jeune âge
Un jour je lui demandai — Pourquoi as-tu posé nue en fait ?
Elle me regarda en reculant la tête
Sa peau blanche un peu rose
Dans son mauvais français — Corps c'est pas mauvaise chose
Elle avait été violée à Volgograd
Un type à l'épicerie il sortait de prison il avait eu une remise
De peine il avait dit — Va voir à l'étage dans la remise
Si elles ne sont pas plus belles là-haut les grenades
Elle naïve était montée et le type l'avait suivie
Après il l'avait tapée et après cela avait chose faite
Il avait dû juger Maintenant c'est fini
Il avait jeté Elena par la fenêtre
Et il s'était enfui
Elena une congère sur le trottoir lui avait sauvé la vie
Mais pas les fesses
Un procès retentissant
Elle avait gardé les coupures de presse
Traumatisme crânien préoccupant
Causé par un grand malade
Au tribunal il plaidait — Ça s'est fait en cascade

Elle et moi flottant sur des matelas de plage à Sainte-Maxime
Son accent plein d'âme — Cet homme condamné
Je le prendre en pitié
De toute sa bonté elle fixait les grands pins maritimes

Albert avait un nouveau bandage mais c'est Bondage qu'il
 disait
Et sur le quai
Il jouait avec un gros chien sans précautions
 — Elle va me mordre la saloperie disait-il sans faire attention
Il titillait la bête avec son attelle
Le chien dévorait des yeux le jouet éventuel
Son maître embarquant le tira mais le chien résistait
Il aurait préféré rester là
Avec ce beau garçon qui avait un os au bout du doigt
Avec le jouet

Albert euphorique se tourna vers moi — Ah j'ai aussi ta crème
 d'anchois
Il sortit le tube de sa poche — Je n'ai pas oublié tu vois

La veille il y avait eu des départs
Et encore ce matin les valises roulaient
Vers l'estafette là derrière qui ronronnait
Sans plus aucune urgence Tanguy passait l'éponge sur son
    bar
 — Et vous Tanguy allez-vous repartir la saison terminée ?
 — Oui madame bien sûr que oui
L'hiver je vais voir mes grands-parents au Cambodge
 — Comment considère-t-on les gens nus dans ce pays ?
 — Euh ma famille ne me couvre pas d'éloges
Il n'en dit pas davantage
Préférant examiner un isolé nuage
 — Au fait Jansen est passé ce matin mais trop tôt
Pour qu'on ose vous déranger
Les garçons vous emmènent faire du bateau
Le rendez-vous est au port j'ai dit que vous y seriez

Il me proposa de goûter des panisses
  — Tenez rien que pour vous de la confiture de fraise à l'anis
  — Mon ami arrêtez c'est assez
  — Ah madame les bonnes choses ce n'est jamais assez
Sur le terre-plein une professeure de yoga
Inspirait et disait — On respire par les bras
Les bras que quelques adeptes ouvraient grands
Ce n'est pas ainsi que j'avais été avec mes amants

Le chat de l'hôtel c'était Caviar
Il avait le dos ondulé
Bien aise de circuler
Il se frottait la gueule aux pieds des meubles les sens bavards
Mais quand une cliente voulut le caresser
Il sursauta Cessez
Pour en revenir à mon attitude avec mes amants
Ce comportement était déjà beaucoup plus ressemblant
Et le serveur — Qu'est-ce qui vous amuse madame ?
  — Rien c'est juste ce calme

Un bonjour solennel
C'était Greta Garbo drapée d'un voile de coton bleu ciel
Elle étendit vers la terrasse son bras nu
Je crus qu'elle voulait montrer la vue
Mais non elle désignait les places vides
Et elle s'assit en disant à Tanguy
  — Ah si l'on pouvait se débarrasser aussi facilement des rides…
Et lui bon ami
  — Vous êtes infernale
Elle aima ce mot

— Et vous quel animal
Tout ce qu'elle avait eu de diabolique jadis
Affleurait c'était beau
  — Tanguy j'ai bien envie de goûter vos panisses
Il rougissait
Elle à quatre-vingts ans peut-être elle frémissait

  — C'est pas loyal d'être aussi beau garçon
De nouveau elle le faisait rougir
Quelle grâce mon Dieu de séduire...
Lui la considérait l'œil fripon
Comme si ça ne tenait qu'à elle
Elle dont les plis le long des flancs étaient sensationnels
Elle avec les vertèbres qui lui sortaient du dos
Il apprenait de cette femme éternelle
Il saurait pour la vie ce que c'est qu'effleurer
Ce merveilleux art perdu
Ils admiraient maintenant la vue
Elle et lui rassurés

Il lui demanda — Alors c'est quoi aujourd'hui le programme ?
Greta Garbo leva les yeux avec coquetterie
La plus belle des femmes
  — Je vais voir j'aimerais faire des âneries
Les âneries que moi j'avais faites
Je les avais payées d'une telle défaite

Dans ma chambre on avait retiré les dahlias
Ils avaient fané comme moi
Fané sans rébellion
J'allai sur le balcon
L'azur une étendue
Ma mère disait tout le temps
  — Ce n'est pas grave que ce soit petit ce qui compte c'est la vue
Bon elle parlait des appartements
Elle rêvait que j'aie un balcon
Hélas je ne me trouvais que des tanières
Ou plus tard avec un léger progrès des verrières
Mais trop hautes et au nord
Il fallait monter sur une chaise pour voir vraiment dehors

Derrière un buisson de lauriers une porte-fenêtre
Et dans la chambre sur un lit deux êtres

Le couple grivois d'hier aurait été content
Enfin quelque chose à voir même pour moi qui n'étais pas une voyeuse
Je m'immobilisai un temps
Assistant au banal mystère
De ces deux-là
Cela se passait de commentaires

Tout en comprenant je ne comprenais pas
On pourrait croire que j'exagère
Mais devant cet acte j'étais une étrangère
Alors qu'eux en face ils n'étaient pas coincés ils se décoinçaient sans cesse
Ils se faisaient faussement peur cette femme et cet homme
Jouissaient en s'adressant des ultimatums

Pour aller du Levant à Port-Cros il fallait résister au courant
 dans la passe
Viser une baie en face
Et pour ne pas dévier
Se maintenir courbé sur la barre pendant trois mille pieds

Albert gesticulait à la proue
Jansen ordonnait — Assieds-toi mais Albert restait debout
Au petit mât de bois suspendu

Le bateau c'était un pointu
Vert et blanc avec une grande voile d'ombrage
Pour le moment roulée dans ses cordages
Elle était bleu d'encre
Dans la crique Jansen ralentit le moteur
Au fond c'était turquoise il jeta l'ancre
D'un geste mélodramatique comme on donne son cœur

Et c'était pour Albert
C'était pour lui plaire
Quand chaque mouvement est du désir
Il n'y a plus grand-chose à dire

Albert aussitôt fut repris de caprice — Je veux nager je serai prudent
Jansen râlait — Je ne vois pas comment
 Et à moi — Dis-lui toi de ne pas faire l'idiot
Albert trempait la pointe de ses pieds dans l'eau
 — Ah le voici qui se baigne !
 — Je ne me baigne pas fanfaronna Albert je me renseigne
Et il resserra son bandage
Protégé d'un simple sac en plastique

Jansen déployait la voile d'ombrage
Albert dévorait des yeux langoureusement l'eau fantastique
Il nous regarda ahuri
 — Est-ce que nous n'irons jamais à l'eau de notre vie ?
 — Et si je te mouillais ? proposa Albert
L'idée d'être arrosé oui cela parlait à Albert
Même par un seau qu'à cela ne tienne
Hélas cela ne suffit pas
À peine mouillé Albert fut sec et il cria — Zut c'est trop dommage !
Je suis déjà sec voilà
Ça y est je suis en nage
Et j'aime tant flotter
Oh laissez-moi au moins barboter...

Jansen avait prévu le coup
Il sortit d'une cachette une énorme bouée noire

— Je vais la gonfler tu pourras t'y asseoir
Il gonfla comme un fou
Les veines de la bouée commençaient de saillir
Albert voyait son bonheur venir

Une fois installé sur la bouée Albert promit de faire attention
Mais au bout d'un moment il battit des pieds
Probablement dans l'intention
D'être celui qu'il fallait épier
Celui toujours au centre
Extasié se caressant le ventre

On fut plus tranquille quand il somnola
Sur la bouée en étoile de mer
Comme il aimait À découvert
Jansen était assis sur un coussin près de moi
Lui aussi contemplait le beau diable en train de brunir
— Tu vois c'est ahurissant Sophie le désir
Et il s'arrêta là
Sur la bouée Albert reprenait ses esprits — On a quelque chose à boire ou pas ?

Sous la voile d'ombrage
Jansen dormait bercé
Albert et moi on s'était installés sur une petite plage
Dans le seul coin d'ombre sous un arbousier
Albert déjà se baignait
Le bras levé la tête sous l'eau
  — Mon bras c'est une paille l'air passe trop
Je peux rester sous l'eau aussi longtemps que je le veux
Un homme heureux

Et puis l'on retournait tout gentiment sous les arbousiers
Sans avoir réveillé Jansen
  — Quand il dort il dort la nuit si je le réveille il me fait de ces
      scènes
Et moi — Pourquoi le réveiller ?
  — Ah Sophie ce que tu peux être drôle des fois
On ne t'a jamais réveillée toi ?

— Albert raconte-moi ce que les gens font à Héliopolis la nuit
Il se mit sur un coude
Le sujet l'intéressait alors il prenait appui
— J'ai compris dit-il tu veux savoir le mood
C'est vrai que tu arrives en fin de saison
Un peu après la bataille pardon
Mi-août chaque année on élit Miss et Mister Levant
Ça se passe le deuxième week-end du mois d'août
Il n'y avait que la Miss avant
On a rajouté l'homme tu t'en doutes
Annie Girardot elle a été élue en mille neuf cent quarante-neuf
Elle était serveuse à ton hôtel tu crois que je bluffe ?
Dans une archive de l'INA on lui demande — Dans quelle tenue ?
Elle répond — Évidemment toute nue

Et sinon sur la place du village les samedis soir
Couvert d'un rien on vient se faire voir
On danse à la belle étoile le plus grand des plaisirs
Enfin pas le plus grand tu vois ce que je veux dire
Ça dure jusqu'à deux heures du matin

Le soir tout le monde reluque tout le monde
Jansen appelle ça La faconde
Tu sais ici on dit comme ça pour la facilité d'expression
À poil c'est typiquement le cas disons
Il faut bien qu'à un moment ou un autre on se reluque
On n'est pas des eunuques

Les libertins estiment qu'il y a trop de pédés les pédés jugent
       lourds les libertins

Les libertins se tankent à la Brise marine
Avec leur badine
Enfin je dis ça je n'en sais rien
J'écoutais fascinée — C'est quoi la Brise marine ?
 — C'est un hôtel dans les hauteurs
Là-bas sur la colline
Les hétéros y vont pour trouver un bonheur

L'eau clapotait à peine
Et moi — Ce doit être musclé par moments
Lui fou de joie — Oui on a cette veine
Tu imagines la tristesse d'une vie sans mouvement ?

Une vie sans désordre ni tracas
Il y a une phrase dans le roman de Kazantzakis *Alexis Zorba*
Zorba débat avec son patron — Elle te désire cette femme du
        village
Va la voir ses yeux t'implorent
Va et contente ce corps
Mais l'ingénieur ne se sent pas ce courage
 — Non non je n'irai pas
Zorba demande pourquoi
L'ingénieur — Parce que je ne veux pas d'embêtements
Et Zorba le viveur le vivant stupéfait
 — Mais alors qu'est-ce que tu veux si tu ne veux pas
        d'embêtements ?
Qu'est-ce qu'il veut en effet ?

Un homme une fois en Italie je me glisse dans son lit
    Au petit matin il se lève d'un bond — J'ai dormi avec un ange
    Il regarde par la fenêtre pour donner le change

Il n'arrête pas de répéter — Voilà c'est ça qui m'est arrivé
Avec un ange il le répète en ouvrant cette même fenêtre
Pour s'échapper peut-être
Ses yeux verts délavés
Passent sur le drap le dessus-de-lit l'oreiller ma tête immobile
Mon forfait d'ange dans cette chambre en pleine nuit je me
    suis introduite
Il me semble que l'on condamne une telle conduite
Il sort de la pièce tout cela est pour lui trop difficile
Un ange comment le désirer ?
Surtout lui habitué à d'autres pulsions
Sur la vulgarité il sauterait sans hésitation
Mais un ange égaré comme moi rendu ange par un démon
Est-ce que ce phénomène a un nom ?
Ce jour-là dans le lit où le désir m'a amenée
Je fixe mes pieds d'enfant ils peuvent étonner
Mon problématique état d'innocence
Me trahit autant que des ailes pleines de puissance

Pour lui n'importe quoi était une aventure
Albert s'était mis des écouteurs dans les oreilles
Son doigt battait la mesure
Moi depuis des années je n'étais qu'un ange en veille
Je me jetai à l'eau
Nageai vers le bateau
Jansen commençait de déballer les sandwiches
Il m'aida à remonter — Et l'autre là-bas qu'est-ce qu'il fiche ?
Il l'appela — Albert le déjeuner est prêt !
Albert dans la crique se relevait

Au retour je me rappelle
Les crêtes des vagues avaient disparu
On aurait dit que la mer s'était rendue
Jansen tenait la barre — Ce calme est exceptionnel
Me disait-il tracassé par l'absence de courant
Albert toujours devant

POUR LUI N'IMPORTE QUOI ÉTAIT UNE AVENTURE

Assis sur le plat-bord épuisé de soleil
— Tu crois que c'est bon signe que ce soit en sommeil ?
Et l'on examinait le ciel et l'horizon
Au cas où cette paix aurait une raison
Fallait-il s'inquiéter
De la sérénité ?

— Jansen les anges les trouves-tu ridicules ?
Il se marrait — Y a cette histoire sensas
Dans un dîner un silence quelqu'un dit — Un ange passe
Et Jean Cocteau qui est là propose gaiement — Qu'on l'encule

Il était sept heures du matin
Le soleil disait ses intentions
Il montait dans le ciel comme une inspiration
Moi sur le sentier je rentrais d'un bain
Jansen nommait cela des Bains d'Or et d'Aurore
On allait dans l'eau c'était la nuit encore
Et quand on ressortait quelque chose en nous s'était accompli
Et l'on restait là heureux et unique
C'était en tout cas ce qu'il avait promis
Cela m'avait rendu tout le bain féerique

J'arrivai si tôt sur le port le bar n'avait pas ouvert
Malgré ce soleil à présent déjà haut
Silencieux le port ressemblait à l'hiver
Seul le capitaine était à son poste et il admit — Oui ça manque de vie
Ajoutant — Dites-moi ce qui vous ferait envie ?

— J'aurais bien pris un petit café répondis-je
Il régla cela — Bah si ça ne tient qu'à ça moi je vais vous le faire
Et pour asseoir son prestige
Il proposa un café à la terrasse entière

La terrasse entière c'était un homme qui se trouvait là
Assis sur la chaise Napoléon III
Une chemise nouée autour des hanches le corps une montagne
 — Madame je vous présente Conrad la Castagne
Mais le Conrad en question n'aimait pas son surnom
  — Je vais t'en coller une si tu continues
  — C'est un cœur âpre madame je vous aurai prévenue
Conrad cède à la dame la chaise Napoléon
Sur-le-champ il me la laissa
  — Madame est une amie de Jansen
Et à moi — Vous avez de la chance parfois il ne se lève pas
Conrad maugréa — Ne l'écoutez pas il n'est que capitaine

Le capitaine vit mes cheveux mouillés
 — Alors vous étiez
À la baille ?
Cela m'amusa — À la baille
C'est une expression que mon père employait
Ce Conrad demanda — Votre père était-il un militaire ?
 — Non répondis-je prisonnier seulement pendant la guerre
    pourquoi ?
Il sourit — À la baille c'est une expression des gars
Ils disent La Baille pour L'École navale
C'est une tradition je sais pas comment dire orale
À ce moment-là je vis mieux
Les épaules impeccablement déployées de cet homme

Et que le corps entier était comme
Retenu et sérieux
— Peut-être que vous-même Conrad vous en êtes un de militaire ?
Ma question rendit le capitaine tout joyeux — Il va vous répondre
Conrad se taisait le capitaine le taquina — Allô Radio Londres ?
La dame elle espère

Sans doute l'espérance
Aura-t-elle toujours ses chances
Car Conrad consentit à me confier
Qu'il avait été dans l'armée de métier
Il le révélait semblait-il couvert de honte
Quelqu'un qui ne voudrait pas que pour cet aveu on le compte
Parmi les apôtres de la guerre
Le capitaine tendit un bras vers Conrad la Castagne
— Regardez, il est fort comme une montagne !
Puis avec la franchise de l'amour ajouta — Il a connu l'enfer...
Conrad baissa les yeux gêné
Tous les gens tués par l'armée de métier c'est lui qui les avait exterminés
Cela se voyait qu'il pensait ça
Un ange passa
On ne l'encula pas

Les cahutes ouvrirent
En même temps qu'apparaissaient les clients
Ceux qui prenaient le premier bateau on les voyait courir
Surtout les touristes car les autres allaient plus confiants
Des connaisseurs
Le capitaine partit diagnostiquer la panne d'un canot à moteur
Rouspétant — Ça navigue alors que ça sait pas

 — À Abidjan me dit Conrad soudain
Je voulais devenir français
J'avais cinq ans j'aimais les avions ce n'est pas anodin
Un jour on en a pris un j'en croyais pas mes yeux deux rêves
    s'exauçaient
Je me suis senti décoller
À Paris on est allés voir la tour Eiffel
Elle était auréolée
Et moi béni d'être là c'était irréel

Mon père et ma mère c'étaient des gens d'un milieu très modeste
Ils me serinaient — Toi Conrad tu vas étudier
Et ils faisaient le geste
D'écrire sur un cahier
Ils le feraient plus tard pour mes sœurs
Il fallait toujours qu'on sache tout par cœur qu'on soit les meilleurs
Les plus polis dans les boutiques
Qu'on dise Merci même à une personne antipathique
À ces dames à ces messieurs
Plus on grandissait plus ils étaient odieux
Bon quand même on était devenus des Français
Pourtant certains c'est pas ce qu'ils pensaient

À dix-huit ans je ne sais pas ce que c'est qu'être aigri
Je ne suis jamais en colère
Mais quand même comme métier je choisis la guerre
Je ne pense qu'à la France à servir ce pays
Je ne vois qu'une façon de le faire

Ce qui m'a attrapé ce sont les avions
J'avais vu un reportage à la télévision
On pouvait devenir pilote de chasse
Sans forcément passer par les écoles des gens prestigieux
Ceux qui ont des mentions et tant de classe
On pouvait juste réussir en étant sérieux
Et sérieux je l'étais
Je n'avais pas besoin de porter des verres correcteurs
Et le baccalauréat je l'avais

Dans l'armée ça s'appelle être à la hauteur

J'étais euphorique quand j'ai fait décoller un avion enfin
Vous n'imaginez pas ce que cela signifie pour un gamin
Bien sûr les autres de Polytechnique de Saint-Cyr
Eux c'étaient des messires
Mais je les rejoignais on recevait ensemble une formation militaire initiale
Et j'avais un salaire
Peut-être pas royal
Mais décent
J'ai signé pour dix ans

Pour être honnête
J'ai bien aimé être aux manettes
Un jeu vous savez de simulation une Game Boy géante
Une activité palpitante

Un jour j'ai tiré mes premiers vrais missiles
Dans l'escadrille on n'est jamais seul non
Pourtant se sentir plus seul que moi c'est difficile
On m'avait expliqué la cible — C'est une série de hangars à munitions
En bas il n'y avait pour ainsi dire personne
Je ne pouvais m'empêcher de faire des suppositions
Je tremblais au retour mais à l'armée il ne manquerait plus qu'on s'en étonne
C'est normal d'être secoué après une mission
On m'envoya en Grèce dans un hôtel
Je me souviens d'*All inclusive*
Pendant deux nuits des pensées négatives

On m'avait ordonné — Les pensées tu les chasses t'es chasseur
    bordel !
Je les chassai
J'étais assez jeune pour penser que bronzer c'est guérir
Après de nouveau on nous réunissait
Une nouvelle mission à accomplir

Je suis tombé malade j'ai eu la questionnite la maladie du pourquoi
— Pourquoi le radar indique-t-il une chaleur humaine en bas ?
C'est ça la questionnite
Et puis c'est contagieux
Qui boit dans ton verre après veut la paix à la limite
La paix un militaire évidemment qu'il la veut
C'est pour ça qu'il fait la guerre
On pourrait aller jusqu'à penser qu'il l'espère
Ce sont les marchands d'armes qui veulent le combat
Pas les soldats
Ils aiment bien quand une ville est libérée
Et reconstruire dans la durée

Le souci c'est qu'avec mes questions je tuais la guerre un peu
Et ça n'est pas le jeu

Un jour on m'a convoqué — Conrad Nialé la situation devient
    impossible
Sur cette base vous êtes un danger réellement
On va vous envoyer au Levant
Ils ont besoin de gens pour tester les cibles
Les cibles madame ce sont des avions télécommandés grands
    comme des mobylettes
Les prototypes de missiles qu'on teste se dirigent droit dessus
Ça nous donne un aperçu
Sans mettre un véritable avion en miettes

Alors j'ai fait ça
Mais là non plus ça n'allait pas
C'est pour ça que j'ai quitté l'armée
Je n'ai eu que quelques mètres à faire notez

— Alors il vous a raconté son histoire ? raillait le capitaine
Il la sert aux donzelles
Mais il raillait sans haine
Quand on aime beaucoup quelqu'un on excelle
À le taquiner
Et la vérité comme ça se faufile
Au lieu d'un bloc hostile
Elle est débobinée
D'ailleurs Conrad pas une seconde ne fut dupe de cette attaque
Il connaissait les véritables frappes
Il blagua à son tour — Cette femme elle m'écoute je casse la baraque
Elle est pendue à mes lèvres ça t'épate
Il se leva et me dit — Ça vous tente un Magnum ?
Pour montrer qu'il était un gentilhomme
 — Oh j'en veux moi aussi dit le capitaine

J'en veux un à la châtaigne
— Allons Jo tu vis à trois mètres du bar tu sais bien qu'ils n'ont pas ce parfum
— Je sais mais à force de demander les choses elles existent
Regarde cette dame et vers moi il tendait la main
Tu ne l'attendais plus alors ça sert à quoi d'être défaitiste ?
Et à moi — Il est venu un soir ce bel homme
Avec ses muscles ça comme
Et ici les musclés pour le dire élégamment ils ont des adeptes
Sauf que Conrad bon vous voyez le cas il avait des préceptes
— On dit des principes le corrigea Conrad
Le capitaine le reprit — On dit comme on veut à l'Ayguade
On n'a pas ici de police du vocabulaire
Oh ne prends pas cet air !

Quelle magnifique entrée
Il est arrivé un soir sur la place du village
Beau comme un dieu dans son jean un mirage
Quelqu'un a plaisanté — Un cul pareil ça vaudrait le coup de le montrer
Ça a fait ni une ni deux
Il s'est énervé le dieu
Il a fichu une torgnole au pauvre type
Une torgnole ma parole il frappait plus fort qu'un de ses prototypes
Les gens qui ont quelque chose en aversion
Parfois quand ils la font ils la font à fond
Et toi Conrad qui n'avais plus à cœur de te battre
Et qui quittais l'armée pour te faire pâtre
C'est toi qui l'as été couillon
Ma jolie dame sans plus penser à ses bonnes résolutions

ALORS IL VOUS A RACONTÉ SON HISTOIRE ?...

Il a tendu le poing comme moi je tends l'oreille
L'instant d'après l'autre il n'en avait plus d'oreille
Mais on est des fadas dans ce pays
Et on l'a accueilli

Conrad nous offrit les Magnums avec un déchirant sourire
— Y a pas un mot de faux
Dans ce que ce corniaud
Vient de dire

En repartant je tombai sur Jansen
Par-dessus mon épaule il vit Conrad qui venait de se rasseoir
    sur la chaise Napoléon III
Et gaiement le salua
Puis me dit tout bas — On voudrait les marier lui et le capitaine
L'idée par trop invraisemblable
Me fit sourire si tendrement que Jansen comprit
  — Bon je vois qu'ils t'ont tout appris
Car personne n'ignorait que ces deux affables
Tenaient sur l'île des conférences de la paix autour de la
    cahute
L'un sur les pansements qu'il faisait
L'autre au sujet de sa radicale culbute
Ils étaient ces hommes le grand récit du quai

On reprit notre sentier du littoral
Moi je débriefais c'est le mot

Sur cet insolite héros
— Jansen reconnais que ce n'est pas très loyal
Conrad est non violent et vous l'appelez la Castagne
— Ce surnom ne vient pas de la guerre... c'est à cause du bagne

C'est en arrivant sur l'île que Conrad la Castagne
Avait entendu parler du bagne
Chaque jour il passait devant une façade en ruine
Quand il était saoul il disait Chagrine

Il apprit que jadis on avait édifié ici un pénitencier pour enfants
Sous Napoléon III les plus jeunes avaient huit ans
Un bagne privé un pénitencier agricole
Peuplé de petits bagnards on dirait aujourd'hui de jeunes délinquants
Tous ici prisonniers sur l'île du Levant
Des mendiants serrés pour une obole
L'un orphelin avait fui son oncle commissaire de police
Et une kyrielle de sévices
Un autre un apprenti forgeron il avait neuf ans et d'office
Accusé de tous les vices

Quelqu'un eut cette idée qui avait l'air honnête
Plutôt que de les laisser croupir à la prison de la Roquette
Mettre ces enfants au bon air
Et les faire surveiller par des tortionnaires
Cela s'était mal passé
Battus et à peine nourris
Par des pourris

Cent cinquante ans après les faits Conrad aux Archives nationales à Paris
A lu les journaux de l'époque ahuri
Il s'était même acheté des lunettes de vue
Restait des heures assis au café à écrire sur un cahier
À retracer l'histoire des petits prévenus
Les condamnés oubliés

Une année des gosses il en était arrivé une fournée
Un groupe de petits Corses et quand ils avaient vu ça
L'humiliation à longueur de journée
La manière d'apprendre la vie dans cet endroit-là
Ils s'étaient révoltés rien à perdre on était avec eux
Ou contre eux
La cachette où treize enfants terrorisés s'étaient cachés ils y mirent le feu ce fut expéditif
À bas les mouchards ils les brûlèrent vifs

Jansen et moi on s'était arrêtés
Cela fait ça la gravité
 — Conrad à une époque on ne pouvait plus passer sur la place sans se faire harponner
Il ne pouvait plus quitter les gosses abandonnés

Ça le rendait malade
Et comme le capitaine adorait Conrad
Pour aller dans son sens un soir il lança — Ces petits Corses je les maudis ces criminels
Ça ne mérite pas le nom d'êtres humains
On aurait dû les brûler eux après
Ils auraient vu alors l'effet que ça fait
 — Je t'interdis de dire ça ! avait hurlé Conrad
Il avait attrapé au cou son camarade
Tout le monde s'était jeté sur lui pour l'empêcher de cogner
On l'avait empoigné
Neutralisé si vite

Il avait pleuré tout de suite
Il hoquetait — On n'a pas le droit de juger
On n'a pas le droit vous m'entendez !
À force de sévir et de se venger on va se désagréger
Si vous me demandez
Moi je n'ai plus la force de haïr qui que ce soit
Pour ces Corses pardon
Et pour tout ce que moi j'ai fait en toute légalité pardon

Jansen se balançait sur ses pieds
 — Tu vois dans quel état on l'a récupéré…

Un soir au journal télévisé
Mon père découvre les non-violents
Cette lueur l'hypnotise
Il n'arrive plus à se resservir il est captivé par l'écran
On diffuse des photos de Gandhi c'est l'anniversaire de sa mort
Ou de sa naissance
Gandhi parle d'Insistance
Une Insistance désarmée et mon père commente — Il n'a pas tort
 — La violence vaincue par la bonté
Mon père lève la main — Écoutez

Gandhi explique le reportage refusait la colère
La jugeant l'ennemi de la compréhension
Sur l'écran du téléviseur le sage a la maigreur de mon père
Des yeux d'une totale attention
 — Gandhi comme mon père a des salières profondes
Nous on le connaît déjà Gandhi moi je suis en seconde

On m'en a même parlé au catéchisme c'est dire
Mais mon père vient de le découvrir
Quand le reportage est terminé
Il reste silencieux
Annonce — Ben mon vieux
Complètement sonné
Il dodeline de la tête aérien
À croire que tout Gandhi est passé en lui par capillarité

Elle dodeline tant cette tête que ma mère demande s'il va bien
On a un cousin une fois en dînant il s'est agité
Et il est tombé de sa chaise mort
C'est pour ça qu'elle s'inquiète elle jamais trop inquiète sur
	aucun sort
Mais il va très bien Paul
Il vient juste de comprendre
Lui qui a été si peu à l'école
Ce que signifie apprendre
Apprendre au point que la vie après n'est plus ce qu'elle était
Il l'a compris aux actualités lui qui a toujours dit qu'il les
	détestait
Et comme ça au dessert
Paul décrète — Cela ne sert à rien les guerres
Mon frère qui collectionne les petits soldats
Bien que pas plus violent que ça
Objecte finement — Il y a quand même des idées à défendre
Mon père l'admet sa tête repart en ondulations
Il dit — Bien sûr fiston mais je ne suis pas d'accord sur la
	manière de s'y prendre
Il le dit avec délicatesse
Ma mère le coince — Tu fais quoi des SS ?

Le patron c'est Edgar un homme avec qui mon père a sympa-
 thisé après la guerre
Un grossiste en vêtements de sport à Nanterre
Dans un café vers la Tombe-Issoire
Edgar avait eu la force de raconter à Paul son histoire
Déporté à Birkenau
Le numéro sur sa peau
Un numéro qu'il cachait mais pas à Paul — Je te le montre
La guerre Paul c'est bien beau d'être contre
Moi non plus je ne suis pas pour mais j'aurais aimé savoir me
 défendre
Ne pas subir les événements
Et même pour être tout à fait franc
J'ai cherché pendant des mois une arme à prendre

Un jour où on va au magasin d'Edgar mon père salue chaque
 employé

Je vois en vain son bras se déplier
L'accueil a changé les nouvelles têtes le dédaignent
Pour ne rien arranger ce sont des teignes
Edgar l'ami inconditionnel est souffrant
Ici désormais c'est son neveu qui commande on le fait savoir à Paul froidement
Mon père reste aimable la cordialité est sa manière d'être
Je le trouve fautif il faudrait s'énerver peut-être
Une jeune femme dit — La réduction on la fait plus
Mon père plaide sa cause on lui rétorque — C'est tout vu

Dans la rue je me tais
Comprenant que j'enrage car c'est bien cela que je fais
Même avec mon beau survêtement je n'apprécie pas que mon père on le juge
 — En plus papa tu te laisses faire toi...
Parce qu'il m'aime plus que n'importe qui plus que n'importe quoi
Il dit placidement — Ma fille tant pis pour ceux qui nous grugent

Paul se meurt d'une maladie nosocomiale dans un hôpital au
    Plessis-Robinson
Si surpris dans sa chambre vitrée et si innocent
Ainsi donc ces choses arrivent vraiment
Il écrit Je m'emmerde sur une ardoise sa main faible est prise
    de frissons
Mon père pas un intellectuel loin de là
Deux jours auparavant il a dit
La voix déjà presque partie
 — La douceur sait ce qu'elle fait... Il a dit ça
Après sa mort les amis me conseillent d'attaquer l'hôpital
Je prends rendez-vous avec le chirurgien
Il vient d'opérer son visage est plus que pâle
Je fixe ses précieuses mains
Lasses et précises pourtant
Un procès à cet homme épuisé j'hésite... la voix de mon père
    me souffle — Attends

Attends ma fille attends
Laisse-nous tranquilles maintenant

La nuit était vraiment noire
La torche du téléphone projetait sur le sentier un rond discret
Jansen allant devant moi sur le sentier disait
  — Ça suffit largement pour voir

  — Jansen cette autre partie de l'île l'as-tu déjà vue toi ?
  — Oui on m'y a emmené une fois
Je participais à un documentaire
On avait une autorisation du préfet du Var
La vedette est entrée dans la baie de Grand Avis j'ai vu cette
      lumière
Blanche froide vorace
C'étaient des projecteurs partout sur le quai
Ils nous aveuglaient

On arriva à l'hôtel et devant le portail
Si loin des batailles

Je dis — Jansen ces gens qui ont vécu la guerre de près
Il est assez courant
Qu'ils deviennent non violents
 — Je sais
Il n'avait plus très envie de parler de ça

Mais quand même dans la pénombre je persévérai
 — J'ai lu un livre *Penser la Paix*
Ça parle de certaines tentatives notamment au Rwanda
Des ennemis qui acceptent de se rencontrer après un
    conflit
Des gens qui préfèrent se comprendre
Plutôt que mourir de haine plutôt que d'attendre
Des vengeances à l'infini
Ils essaient de se réconcilier

Mon ami caressait le bougainvillier
 — Et Jansen l'histoire de Noëlla Rouget
Est-ce que tu la connais ?
Pendant l'Occupation elle avait vingt ans
Elle et son fiancé ils étaient résistants
On les a attrapés le petit ami fut torturé puis fusillé
Et elle déportée
L'homme capable de cette horreur
Il s'appelait Jacques Vasseur
Vingt ans après la guerre on a retrouvé sa trace
Il se terrait dans un grenier chez sa mère
Et le procès se passe
En réalité cet homme a fait des centaines de victimes
Une insensée violence
Il est condamné à la guillotine

Mais pour Noëlla Rouget le criminel doit vivre et elle implore
    la clémence
Elle dit — On ne peut pas faire comme il a fait lui
Elle demande et elle obtient sa grâce contre tous les avis

À l'hôtel la guirlande était allumée
Et la tablée très animée
C'était ce que les propriétaires appelaient La quille
Car il n'y aurait plus d'afflux
Dix clients tout au plus
On se retrouvait quasiment en famille
Le serveur affalé semblait pompette
Son regard ardent et velouté serpentait en goguette
Vers Greta Garbo
Et elle la clope au bec
Disait — Faites venir par ici la pastèque
Lissait son kimono les pieds sur la table
Proclamant — C'est la seule position confortable

Élise et Bertrand s'étaient connus à quinze ans à Compiègne
Dans un camping naturiste où leurs parents allaient
Bertrand — On a eu de la veine

À l'adolescence tout se voit quand on est nu
Et du coup moi ça s'est vu

Un peu derrière les autres
Il y avait Conrad il leva son verre — À la nôtre !
Il avait mis sa plus belle chemise
Un foulard de soie que ses doigts caressaient avec hésitation
Au cas où se faire beau serait une bêtise
Ses habits avaient partout le pli si bien fait le fruit d'une éducation
Une mise
Tant de rigueur acquise
Ce qu'on n'oublie en aucun cas

La table se dispersa
Greta Garbo repartit pieds nus
 — Je vous laisse mes tongs j'ai trop bu
Le serveur la provoqua — Bonne nuit j'espère qu'on se reverra
Tout le monde partit très gai

Il n'y eut plus que Conrad devant moi
 — Mon poids c'est la guerre et toi qu'est-ce que c'est ?

Une famille dans laquelle tout enfant
Sait ce qu'est un survivant
Ma grand-mère est âgée toujours vêtue de noir
Elle partage ma chambre à la maison
Souvent la nuit je demande — Raconte-moi ton histoire
 — Oh non

J'ai quatorze ans et au retour d'un camp de vacances arménien
J'ai perdu ma gourmette
Je passe la porte l'air de rien
À mon bras place nette
 — Il est où le bracelet ? demande ma mère
 — Il n'est plus là ! je dis et qu'est-ce que ça peut bien faire ?
Ma mère j'essaie de la braver sans arrêt
Soit elle est de bonne humeur
Et elle laisse filer je la connais par cœur

Soit elle sort les pistolets
La gourmette on ne sait pas pourquoi
Peut-être parce que c'est de l'or
Ça ne passe pas
Ma mère quand elle est fâchée elle m'ignore
Pendant des jours
Quand elle met la table elle oublie mon assiette
On dirait que j'ai perdu son amour

Un soir je vais la trouver à la cuisine — Maman je regrette
Elle tend l'oreille sans se retourner
 — J'ai perdu la gourmette je n'ai pas été précautionneuse
Je m'en veux c'est pour ça que j'ai fait la crâneuse
Elle écoute elle admet
Que je fais des progrès
 — Ma fille… Et au dîner mon assiette réapparaît sur la table
Il est terminé l'incident regrettable

Pourtant ce soir-là dans la chambre je me sens abattue
Réfugiée dans les bras sans force de ma grand-mère je dis
 — Ça me tue
Mais ce qui me tue est un mystère
Ma grand-mère me berce — Ne souffre pas
Je viens de très loin et j'ai beaucoup trop souffert déjà

Près d'Istanbul dans la ville de Bursa
Mille neuf cent quinze elle est la fille d'un artisan
C'est un homme qui a réussi et c'est d'ailleurs pour ça
Qu'il s'attire des propos médisants
À Bursa c'est un pair
Ses affaires sont prospères

Certains jasent — Pourquoi les Arméniens ont tout dans ce
    pays ?
La Première Guerre mondiale éclate
Et cet homme on le mate
Pendu avec cent cinquante hommes de son secteur
À la mairie ma grand-mère pendant six jours à la même heure
Demande au même vigile
 — Où sont-ils ?
Au bout d'une semaine cet homme a pitié
 — Ma petite demoiselle ils sont morts fuyez

C'est une famille arménienne à Paris
Ma grand-mère dit — En France
Elle a un mari et quatre filles la vie avance
La cadette c'est Araxie
Née pendant l'Occupation
Une exaltée qui peut te réciter *Alcools* d'Apollinaire
En soixante-huit elle fait la révolution
Peace and Love mais ça peut dériver
Au *Petit Livre rouge* de Mao
Ce ne sont que des mots
Un jour Araxie enveloppe les grands mots dans un pavé

Elle est incroyablement intelligente
Le sociologue Pierre Bourdieu la prend comme assistante
Elle aime Scarlatti Le Modern Jazz Quartet
Sa bibliothèque est la plus grande de la famille Paris est une
    fête

Assagie par la culture
Araxie se met à la peinture

Et puis elle trouve encore une autre guerre
— Il faut que l'État turc reconnaisse le génocide arménien
Un mouvement de lutte fomente des attentats elle sert de soutien
Elle stocke chez sa mère
Une valise pleine d'explosifs
La police perquisitionne stupeur sincère
— Quelqu'un m'a dénoncée c'est qui ce primitif ?

Il m'écoutait la tête penchée
Conrad résuma le destin de ma tante — Elle était très fâchée
J'étais de cet avis
J'ajoutai une phrase que j'avais entendue toute ma vie
— C'est étonnant car les Arméniens ce sont généralement des pacifistes
Conrad fit la moue — Pas tous ceux qui existent
Pendant l'Occupation il y avait un bataillon arménien ici
Des sympathisants de l'Allemagne nazie
— Ça c'est complètement impossible voyons
Des Arméniens nazis au Levant il en avait de bonnes
Conrad chercha un lien sur son téléphone
Il me montra le nom du bataillon
Ils venaient d'Union soviétique prisonniers des Allemands
Passant à l'ennemi
Ils voulaient que la République d'Arménie
Soit un État indépendant

Quand on se sépara
Il murmura — Ne m'en veux pas

Cette nuit-là sur mon lit
Je fus transportée vers une autre chambre en Arménie
Durant ce séjour émue d'un rien
C'est l'hiver ce pays n'est pourtant pas le mien
La famille de ma mère vient de Bursa
C'est en Turquie près de la mer de Marmara
À Erevan place de la République l'architecture soviétique
Au marché aux puces des hommes dansent pour se réchauffer
Des poteries dans une boutique
Où l'on prend le café
Sur les tapis à vendre
Au musée Sergueï-Paradjanov la beauté des couleurs
On y diffuse des extraits de *La Couleur de la grenade*... Ici
    semble m'attendre
Ma propre ardeur
La délectation devant la nourriture
Mon âme reconnaît

Tous les plats tous les visages toutes les allures
L'amour éperdu pour ces gens dont je ne sais
Même pas la langue
Dix mots d'arménien pour m'exprimer je termine mes
    journées exsangue
À un homme au lieu de dire — Vous êtes très élégant
Je dis — Vous me manquez
Ma foi il sourit plein d'entendement
Il a aimé remarquez

Quelques mois plus tard c'est la guerre
L'Azerbaïdjan et l'Arménie se disputent une terre jadis
    partagée
Tout cela est bien plus grave que de la colère
Bientôt une région sera saccagée
Je reçois des messages
Des exhortations à prendre parti
Mon seul parti c'est — Arrêtez ce carnage !
Des Arméniens à Paris la voix pleine de reproche — Ta douceur
    ça ne va pas suffire
Leur amertume est du désespoir
Ils le savent qu'ils se font avoir
Et moi pendant ce temps je fais quoi pour l'Arménie ?
Je vais chercher sur Internet s'il y a parmi les Azéris
Des gens comme moi des pacifistes
On m'assure que je n'en trouverai aucun
J'en trouve un professeur de littérature en Bulgarie et lui et
    moi faisons la liste
De ce qu'on a en commun
Des douleurs et des joies
Un cousin m'écrit — Et ça t'avance à quoi ?

J'ouvris l'œil une blancheur aveuglante
Inondait mon lit
J'étais illuminée comme les vierges phosphorescentes
Sauf qu'elles c'est dans la nuit

Il était tard en bas Tanguy desservait les tables du petit
    déjeuner
J'avais dormi dix heures d'affilée
Une fois les tables nues il s'installa à l'une d'elles face à la vue
    il était enfin un client
La nuque inclinée négligemment

Moi j'allai au village traversant
Les chapiteaux de bougainvilliers
Les treilles d'osier
Et sur la place installée au café patientait Greta Garbo
Elle désigna la chaise à côté d'elle

Sans un mot
Sur-le-champ je répondis à cet appel

Dès le début je m'étais imaginé
Que cette femme-là était une sorte de divinité
Ces films qu'elle avait faits
Avant d'arrêter sa carrière d'un trait

Sa tasse au-dessus de la table
Elle la tenait dans ses doigts remarquables
À la fois pleins de nœuds et dépêtrés
C'étaient les doigts de la liberté
Ils me faisaient penser à des maquettes d'atomes en bois qui
    disent l'univers
J'ai toujours eu cette impression
Que les formes sont une répétition
Et que malgré les aspects les plus divers
C'est toujours le même principe en fait
Pareillement le sable dans la mer est marbré
Pareillement la terre du désert est craquelée
Pareillement la porcelaine abîmée d'une assiette
Pareillement quadrillées les alvéoles dans les ruches des
    abeilles
Tout est la même forme et veille
À ce que le monde perdure
J'avouai à la femme qu'elle m'émerveillait elle rigola — Pourvu
    qu'ça dure !

Elle était arrivée sur l'île au début des années cinquante
Attirée par une brochure
Jeune épouse d'un industriel dans le commerce de l'amiante
Alors elle avait envie de nature
Elle était venue seule passer un premier été et puis elle était restée l'hiver
Le mari à Paris était à ses affaires
J'avançai — Les couples parfois ça se complète
J'aimais toujours montrer que je savais de quoi les relations sont faites
Elle débonnaire — Ah ça oui lui je l'ai beaucoup complété
N'allez jamais en douter !
Elle avait ce drôle d'air
De radieux adultère
   — C'est quoi votre nom à vous ?
   — C'est Sophie elle me regardait par en dessous
   — Est-ce qu'on a des maris quelque part ?

Je secouai la tête
Avec soudain l'impression d'une grande défaite
J'essayai de me justifier — On peut pas tout avoir
Tant de sensualité passa dans le feu de son regard
Tant d'hommes qu'elle avait aimés dans les règles de l'art

Elle avait trois enfants
Avec un homme de l'île
Il avait dit — Tu en veux écoute c'est facile
Le mari à Paris trouvait décevant
De céder ainsi à la facilité
Elle relativisa — Mon époux aussi distribuait des mouflets de son côté
Rien de tout cela n'avait l'air d'être un drame
D'ailleurs elle résuma — Ah les femmes !

Ensuite elle se leva
Aussi naturellement qu'elle m'avait attirée à elle
Elle me laissa
Son paréo déjà tournait dans la ruelle

Elle ne sait pas qui est le père
Des hommes elle en a connu deux
Deux le même mois ce fait la désespère
Ma mère tombe enceinte en mille neuf cent cinquante-deux
Ces hommes bien sûr elle va les trouver chacun leur tour hélas
    la situation est complexe
Le premier se vexe
 — Je te croyais fidèle
Le second — Qui me prouve qu'il soit de moi ma belle ?
Ainsi naît mon frère il est si blond
Que tous les bruns Arméniens autour de lui font des bonds
On le fête un monarque

Elle l'appelle Marc
Elle l'élève chez ses parents
Ma grand-mère jamais autrement vêtue qu'en deuil
Accueille les visiteurs sur le seuil

Dans son français précaire elle prévient — C'est Petit Enfant
    Surprenant
La conception de ce garçon
Glisse vers son éclat seulement
Au fond du berceau sourit le dieu blond

Ma mère dort avec son enfant c'est son destin à elle
Il n'est plus question de déployer des ailes
Elle rencontre mon père chez des amis à un dîner
Elle sort sans l'enfant qui a deux ans
En ne pensant qu'à lui à ses bras potelés
La douceur de son fils la guérit des deux pères envolés

À ce dîner un homme Paul a comme l'enfant les yeux bleu ciel
Et c'est ça qu'elle remarque
Les yeux bleus comme son fils Marc
Et Paul s'approche d'elle
Mon Dieu ce qu'il est maigre ce garçon
Il n'a pas besoin de le dire elle constate les privations
Maigre il est élégant du coup
C'est plus tard quand elle verra ses genoux
Qu'elle se mettra à pleurer
Pour le moment à table il se laisse engueuler

Par les autres qui se moquent de lui — Ah toi Paul tu te fais toujours avoir !
Elle apprend que Paul est une poire

Quand il propose de la raccompagner elle accepte
Quand il propose un verre à une terrasse de café elle accepte
Il a eu une tuile récemment
Il a rompu des fiançailles — La fille a gardé la bague un anneau avec une opale de feu
Ma mère dit — Estimez-vous heureux
Moi aussi j'ai rompu avec mon fiancé et j'ai un enfant
Il admet — C'est une super tuile ça
Il fait quand même un rond avec son pouce et un doigt — Une bague grosse comme ça

Ils se revoient
Un certain nombre de fois
Enfin Paul demande — Voudrais-tu m'épouser ? Ça aussi elle accepte

Quelques jours plus tard il passe la chercher dans l'auto dont il est fier
Elle descend elle a un enfant et une poussette
Il dit — Il est mignon ton petit frère
Elle dit — C'est mon enfant
Est-ce que c'est embêtant ?
Paul se gratte la tête — Bonjour le petit mec
Quand il arrive devant sa mère — Voici ma fiancée et le loupiot il vient avec
À l'enfant Paul donne son nom
Car sauf pour se battre Paul ne dit jamais non

Peut-être cela suffit-il si l'un des deux au moins est amoureux ?
Est-ce que ma mère est heureuse non et oui
Non parce que Paul se déshabille il est si maigre c'est un ennui
Ça la dégoûte un peu
Oui parce que Paul est l'honnêteté même
Et il l'aime
Depuis le départ
Ils ont trouvé une sorte d'équilibre
Paul est un homme aimé de tous avec qui elle est soulagée de vivre
Nu c'est une autre histoire mais elle ne l'a pas volé quelque part
Elle en prend son parti
Paul enduit de crème sa carcasse qui se craquelle
Pour sa femme pour elle
Humblement il l'avoue — Mon corps ce n'est pas mon point fort

PEUT-ÊTRE CELA SUFFIT-IL SI L'UN DES DEUX AU MOINS EST AMOUREUX ?

Et ma mère ça la touche
Quelles que soient ses réserves elle fait un effort
Un jour elle accouche
À Paul qui se pensait injouable
Elle offre une petite fille il dit — Mon Dieu c'est pas croyable !

Soudain m'apparut le destin de ma mère
Mère célibataire dans une famille de Levantins amoureux des Lumières
Mais des Orientaux quand même
Je la voyais enceinte dans les années cinquante frôlant l'anathème
Sa sœur aînée n'était pas venue à la maternité
— Qu'est-ce que c'est cet enfant de la légèreté ?
L'enfant sans père qui tienne

Je la voyais devant supporter les pleureuses arméniennes
Habituellement courant les enterrements
Mais venant malgré tout voir chez les Drezian
Drezian c'était le nom de famille de ma mère
Si l'on ne pouvait pas pleurer sur la situation en guise de prière

Je la voyais caressant la tête du bébé blond
Si des invités désiraient le toucher elle s'interposait — Ça non !

Je la voyais sur le gazon au parc Montsouris
Là où elle avait fait du vélo enceinte en se prenant les bosses
Espérant perdre son gosse
Je la voyais à présent riant de la féerie
D'avoir ce si bel enfant cet abricot
Je la voyais devant l'enfant adoré se dire Au fond ce qui importe
Si l'on a souffert c'est de ne pas trop
Y penser et de se sentir forte

Je la voyais victorieuse de son destin acide
S'étant sortie de tout ou presque
Y compris des récits de génocide
Trouvant soudain la vie assez pittoresque
Je la voyais survivante
Plutôt contente

Je la voyais dans le mariage
Elle m'avait raconté — Ton frère je lui tenais la main tout le temps
Même la nuit à travers les barreaux de son lit-cage
Et ton père disait — Lâche-le quelques instants

Au malheur ne jamais donner toute la place
C'était sa méthode même

J'ai lu cette phrase récemment dans un poème
À la mort du poète Philippe Jaccottet Ne pas donner toute la
    place
Au malheur
Je la voyais au nom de cette quasi-maxime
Au nom de cette idée sublime
Commettre une erreur

Je la voyais comme le roi légendaire des îles d'Or
Les pirates menacent ses filles du pire
   — Roi que préfères-tu que ces jeunes vierges aient comme sort ?
Tu as deux secondes pour réfléchir
Possédées de force par des hommes redoutables
Ou bien immobilisées rendues inatteignables ?

Je la voyais ma mère faire de moi aussi une île vierge pétrifiée
Le faire en croyant m'épargner je sais
Le faire ma pauvre mère alors que le mal était fait
Et que c'était plié

Je la voyais depuis si longtemps dépassée par ses manquements
Mon frère exigeant de savoir le nom de son père qu'elle-même ignorait
Moi exigeant qu'elle nomme viol ce que j'avais vécu dans ce moment
Quand elle pensait que ce mot si on le prononçait il m'isolerait
Elle ne comprenant pas qu'isolée je l'étais déjà
Pétrifiée comme dans la légende
Pétrifiée cela signifie aussi terrorisée voilà

Je la voyais qui me proposait l'oubli c'était son offrande
Elle avait dû penser ça se tente
Et l'avait tenté
Et après résistante
Elle s'était entêtée

Mais quand elle disait que j'étais la prunelle de ses yeux
C'était vrai
Quand elle disait — C'est à toi que je pense quand je fais un vœu
C'était vrai
Quand elle disait — Seul compte ce qu'on se dit à soi-même le reste est du bla-bla
C'était vrai

Quand elle disait — Tu verras ma fille chérie quand je ne serai
    plus là
C'était vrai

Je la voyais retenir ce drame de mon adolescence dans ses
    dents
Se mettre entre moi et les faits comme un gilet pare-balles
Afin que ce soit pour moi un moindre mal
Sa méthode avait tous les défauts du monde bien sûr
Ce n'est pas ainsi qu'on soigne les blessures
À seize ans je n'étais plus une enfant qui se vautre sur le
    chemin
Et à qui on dit — Ce n'est rien
Elle avait eu tort de tabler là-dessus
Mais voyant tout cela alors j'envisageais
Une douceur dans son projet

Et voilà maintenant j'étais vraiment nue

— Tu m'as l'air bien songeuse...
C'était Jansen son regard perspicace
Passa la table où il y avait deux tasses
Il tenta un — Conrad ? et disant cela il avait l'œil entremetteur
Suggestif et complice
Comme les autres il rêvait qu'un jour je m'assortisse
Que j'aille avec un autre qui me ferait tanguer au moins pour quelques heures
J'étais douce liante et gaie mais je restais une complète solitaire
Moi la première cela m'intriguait... Que faire ?

Quand Jansen demanda — Conrad ?
C'était loin d'être une intrusion
C'était l'empathie d'un très bon camarade
Le meilleur qui soit et cela m'embêta je n'aimais pas causer de déception

Je dus pourtant le faire
  — Non pas Conrad ne t'emballe pas trop
J'étais juste avec la femme très âgée de l'hôtel
Je me trouvai cavalière de traiter ainsi Greta Garbo
Jansen lui n'y vit aucun mépris — Ah elle...
Celle-ci je te prie de croire que c'est un sacré numéro elle est
    collector
Elle a souvent fait comme on dit la fête à son corps
Libre incroyablement libre

Et cela me donna une telle envie de vivre
Comme s'il y avait tout près et offerte à mon être
Une occasion de renaître

Décidément la blessure d'Albert n'empêchait rien
On le trouva installé dans le salon il travaillait
Son avant-bras retenait les photos qu'il découpait
Il était photographe plasticien
Visual artist il préférait cette formulation
On prend tous une idée et on se met dessus
Depuis quelques années ses photos montraient ses hommes nus
  — C'est de la culture pédé revendiquait-il avec adoration
C'était résolument sexuel
Albert ne s'embarrassait pas de dire Sensuel
En jubilant il assumait
Assis nu dans son atelier beau à se damner
Il ressemblait à un bronze parfait
N'eût été son doigt enrubanné

C'est vers le doigt que mon regard revenait sans cesse
Il plaidait — Je le protège parce que Jansen ça le stresse

Il avait mis autour en plus un morceau de soie sauvage
La soie découpée dans un foulard à pois jaunes de Jansen
Il le brandit — Je voulais ton avis sur ça
C'est beau tu trouves pas ?
La mode Sophie c'est ton domaine

Mais la mode était-ce vraiment ça mon domaine ?

Enfant j'écris des vers
Et après je les lis à mes parents
Je suis très fière mais hilares ils tempèrent
 — Attends qu'on te les fasse les compliments
Ils n'arrivent pas à établir si ce que je fais est facile
Ou si je suis simplement habile
 — Elle va à la ligne est-ce une manie ?
Le pire selon eux serait que je me pense du génie
Si peu de gens en ont
Et tout le monde connaît leur nom

Devant leurs amis mes parents redoublent de nuances
À l'un ils demandent avec modestie
 — Toi qui as du recul qu'est-ce que tu penses ?
 — Ce qu'elle a votre fille c'est une fantaisie
Extraordinaire

Et bientôt on me chambre — Comme tu as grandi Guillaume
 Apollinaire !
Les amis la famille éclatent de rire
Même mes parents ne peuvent plus se retenir
Et même moi je ris
De la plaisanterie

Est-ce que je suis un petit singe
Qui se trifouille les méninges ?
Un perroquet car ça répète un perroquet
Ce qui préalablement existait
Personne ne sait
Et quand je tends une poésie à mes parents ils disent — Qu'est-ce
 que c'est ?
Comme pour garder un caractère d'exception
À ma prenante occupation
Si je réponds — C'est un poème eux tout de suite dans ce cas
 ils disent — On sait

Une tante lettrée évoque la possibilité d'un talent précoce
 — Elle écrit comme elle respire la gosse
Cerise sur le gâteau à treize ans
Je gagne à un concours d'écriture un prix que ma mère et moi
 nous allons chercher
À la Sorbonne et pour ma mère cela revient à dire à l'évêché
J'ai maintenant mes partisans

Par des amis du bridge
Mes parents entendent parler d'une sommité intellectuelle
Et l'idée qui leur vient c'est celle
D'aller le consulter avec leur fille prodige

La sommité est un ami des poètes il en édite
Pendant des mois mes parents promettent — On va le contacter
Mais ils hésitent
Pourtant un jour c'est acté
L'homme nous reçoit pour un thé dans son salon

— Quel âge a cette enfant ?
La sommité n'entend pas ma réponse car ce n'est pas à moi
    qu'il pose la question
Ma mère fort poliment — Sophie a treize ans
L'homme s'étonne — Treize ans c'est déjà presque un peu
    vieux
À cet âge les jeunes filles passent à d'autres jeux...
Il jette un coup d'œil entendu
À mes parents qui du coup ne savent plus
Si je suis en avance
Ou si ça va dans l'autre sens

L'homme tend le bras vers un canapé
Il nous sert le thé

Il parle de l'ami qui a intercédé en notre faveur
— Ce n'est pas précise-t-il que je sois bon lecteur
C'est que j'ai l'habitude
Sa fausse humilité a beaucoup d'altitude
Je jette un regard rond à mes parents
Un regard plein d'effroi
Mais on dirait que tout leur est indifférent
Mon père ma mère ne se sont jamais tenus si droits
Intimidés et déférents

L'homme dont nous occupons le salon
Lit mes poésies tandis que je surveille sa bibliothèque
Elle me fait peur
Chez nous on ne vit pas avec
Tant de livres la littérature ici a bien trop de hauteur
C'est que je ne le voyais pas du tout comme ça l'esprit poétique
Chez nous il ressemble plutôt à Prévert
Je veux dire il est joyeux engageant libre comme l'air
Et drôlement sympathique

L'homme a lu il retire ses lunettes
Il dit — C'est pas mal
C'est pas mal du tout déjà elle ne commet pas l'erreur de
    placer trop d'épithètes
Ça les épithètes c'est la plaie du style en général
Et aussi les adverbes les comparaisons
Les jeux de mots et trop d'allitérations

Et aussi ce que j'appelle les ornements
Penses-tu si moi je réfléchis
À cette quincaillerie !

Et l'homme dit — Ce n'est pas le tout
De faire rimer ce qui rime d'emblée après tout

Mon père a derrière lui
La lourde bibliothèque
Après s'être épuisé en salamalecs
Il a le dos qui se réduit
Ma mère c'est une autre histoire
Autodidacte au point de savoir
À peu près les noms des auteurs
Et ce que c'est qu'un emmerdeur
Avec des mouvements de menton du plus bel effet
Le sac nerveux sur ses genoux de biais
Elle essaie de paraître à son aise

L'homme ne m'accorde toujours pas un regard
Je ne suis qu'un buvard
Où va sécher l'encre de son hypothèse
Il dit — Pendant l'enfance les tentatives poétiques ne sont pas inhabituelles
Il dit — L'enfance est vraiment le moment de la vie le plus fécond
Il dit — Un adulte qui écrit a l'œil rivé sur la poubelle
Mais un enfant c'est tout con
Ça a confiance
Un enfant ne réfléchit pas à faire un ouvrage
Non pas à cet âge

Et votre fille ce qu'elle a c'est qu'elle n'a pas encore quitté
 l'enfance
Mais ça va venir
Gardez précieusement les poésies car un jour ça la fera rire

Je pense On s'en va
Et mes parents le voient
Ils annoncent — Nous avons déjà assez abusé de votre précieux
 temps
Nous voici tous les trois nous carapatant
Dans la cage d'escalier pris de quintes de toux
On mettra une heure à s'en débarrasser
Square Couperin ensemble à tousser
Pour expulser la mort de mon génie et notre dégoût

Une abeille zigzaguait dans le salon désert
Les débris de photos jonchaient le sol
Je refermai le pot de colle
Quelle heure pouvait-il bien être ?

Devant la chambre de Jansen
À travers la porte je les entendis jacasser
Jansen riait de bon cœur — Non Albert c'est pas du tout comme ça une sirène
Une sirène c'est pas mi-femme mi-garçon
C'est mi-femme mi-poisson
Et Albert gazouillait — Tu pinailles et Jansen – Pinaillons
Je souris derrière la cloison

Je sortis je dévalai l'escalier
Je dépassai les pélargoniums les pots d'arums les arbousiers
On pense ce qu'on veut de la réalité

Mais à l'angle du sentier mes parents m'attendaient les bras
    sur le côté
L'air de dire Je vous en prie
Je les doublai quelle féerie !
Je les frôlai je sentis leur parfum
Ils reculaient déjà repartaient vers leur fin

Je m'assis aux Pierres Plates sur le rocher qui m'avait vue pleurer
Le bateau de seize heures pénétrait dans la baie
Il y a six jours moi aussi j'arrivais
Les vêtements en premier retirés
Et puis le reste
Beaucoup plus qu'une veste
Une couche en moins à chaque coin de rue
Le bâti de ma vie regardé sous toutes les coutures
Et décousu
Regardée la blessure
J'en connais ils seraient repartis
Pas prêts encore à vivre cette partie

Est-ce que l'on venait ici complètement par hasard ?
Parce que le nom de l'endroit plaisait ?
Par curiosité pour faire un essai ?

Ou bien avions-nous un radar ?
Ou bien encore était-ce un signal de détresse ?
Et par la force des choses on osait
On accourait on se posait
Sur le corps pétrifié d'une princesse
Jansen était l'instrument que des dieux avaient trouvé judicieux
De placer sous mes yeux
— Cet été viens au Levant tout n'est pas un guêpier
Il avait ses visées

C'est vrai que je n'en pouvais plus de ce monde œil pour œil
Dent pour dent et l'on passait les seuils
En se vengeant mais je comprenais les gens
L'impunité a quelque chose de décourageant
Que faire d'un culotté qui nie
Ce qu'on ne pourra jamais prouver
Et au Mexique quel âge avait à présent mon ennemi ?
Au Mexique ou ailleurs heureux satisfait sauvé
La solution qui était proposée
C'était la violence autorisée à hauteur de l'offense
Option par moi refusée

La douceur l'Insistance
La douceur à ce point quel entêtement
Même sur la table jamais de coup de poing
Un être de plus en plus doux dans un monde de plus en plus violent
Avant même d'arriver ici je pensais C'est ce que je deviens

J'ouvris les bras
Je demandai — Pourquoi ?
Je sais bien que les dieux ne répondent jamais
Pourtant ils me dirent — Allons Sophie allons tu le sais
Et pour m'aider ils firent entendre nettement
Un grognement

Ce son était sourd et ne venait ni du ciel où je vérifiai d'emblée
Ni de l'autre bout de l'île
Où l'armée aurait certes pu tirer un missile
Suite à une erreur dans le calendrier
Le son ne venait pas non plus de la pierre et je prêtai l'oreille
Il ne venait ni du moteur d'un bateau ni d'une abeille
Il ne venait de nulle part autour de moi
Et j'étouffai un cri le son venait de moi

La psalmodie d'un moine du Tibet

Un moine timide qui ne pourrait qu'à peine se faire bourdonner
Quelque chose en moi vibrait

J'entendais ma mère à table rue des Vignes qui disait
— Sophie arrête ce bruit
Et moi me défendant — Mais non je ne fais rien
Et elle — Bien sûr que si tu fais un bruit
Me dis pas que j'invente
Elle prenait à partie les personnes présentes
— Paul as-tu entendu ?
Il prêtait l'oreille mais je ne le faisais plus

À cette époque j'étais épuisée tout le temps
On pensait que j'avais des crises de croissance
J'avais un père si grand
À table ma mère s'insurgeait — Et voilà tu recommences !
On restait en suspens avec nos fourchettes
Dans le silence je me sentais bête

À présent j'écoutais le grognement seule et nue
Ce que cela voulait dire soudain je le sus

Ça écrivait en moi nom de Dieu
Ça écrivait en moi depuis si longtemps c'est ça qui se passait
Ça écrivait une eau dont on a coupé le chemin
Et qui s'est amoncelée dans un coin
Ça écrivait en dedans
Je voyais même depuis quand
Ça écrivait depuis ce square Couperin
Le couperet tombé juste une fois
Tombé malgré notre humour familial pile sur mon destin

J'écrivais ce son c'était ma poésie
Mais toutes ces années j'étais frappée d'amnésie
Je ne me rappelais plus que je savais écrire

Et maintenant d'un bond j'allais de ce square Couperin
Vers un hôtel place de la Madeleine
Et le son je l'entendais dans une chambre ah je l'entendais bien
Le son qui jamais ne franchirait mes lèvres le son qui n'avait pas d'haleine
Le grognement sans colère et sans haine malgré ce que l'on pourrait croire
Un son au contraire mon seul espoir de douceur
Ce bruit qui attendait que je le reconnaisse
Comme tous les bruits avec maladresse
Une bête inconnue qui ferait un peu peur
Et ferait reposer l'entièreté de son espérance
Sur la possibilité que malgré sa sourde brutalité on remarque son existence
Et qui attend ce jour
Ainsi la Bête de Jean Cocteau sauvée par l'amour

Alors je vais vous dire
Ce que je fis
Mes lèvres je les entrouvris
Et je laissai le son sortir

Ce ne fut pas un cri car ce n'est jamais ce que l'on croit
C'étaient des milliers de vers qui me sortaient de la bouche
Pas les vers d'un mort couvert de mouches
Je n'ai jamais rien accepté de macabre en moi
Plutôt une effervescence poétique folle
On a secoué une bouteille de champagne
On fait sauter le bouchon qui décolle
La mousse sort du col comme de certaines montagnes
J'avais regardé ce phénomène une fois en Islande
La vie te met les choses pile sous les yeux et toi tu te demandes

Et là sur le rocher
Aussi parce qu'il y avait un tel air de fête
Plus rien de lesté
La poésie déjà fabriquée dans ma tête
Dansait autour de moi en vol et fredonnait
Moi euphorique je pensais au temps que cela prendrait
Tout ça de l'écrire
Mais j'acceptais j'étais contente je savais ce que ça allait devenir
Un chant qu'on laisse jaillir
Les choses il faut juste trouver une façon de les dire
J'aurais ce courage
Ce n'est pas une histoire d'âge
Cela ne m'avait jamais suffi la révolte
Nous la ferions cette récolte

À cet instant le rocher sous moi se fit incroyablement tendre
Il me fallut encore quelques minutes pour comprendre
Les pierres devenaient souples et vivantes
Elles respiraient mes alliées
La vie est surprenante
Nous n'étions plus pétrifiées

Pour Anne Racine et Jean-Pierre Blanc
ils m'ont offert Le Levant

TABLE

11	DANS LA BAIE LE BATEAU RUISSELANT
15	DU PORT ON DEVAIT GRAVIR UNE PENTE COCASSE
19	CHAQUE DÉTAIL DE MA CHAMBRE ÉTAIT DÉLICAT
21	JANSEN NOUS A TANT PARLÉ DE VOUS
23	L'HÔTEL AVANT S'APPELAIT BELLEVUE…
27	L'ÎLE SILENCIEUSE AU PETIT MATIN
29	À PRÉSENT CELA SENTAIT ENCORE PLUS FORT LA MER
31	QUAND JE SORTIS DE L'EAU LA CRIQUE S'ÉTAIT PEUPLÉE
35	LA MAISON S'APPELAIT LA CORNICHE
37	JE DESCENDAIS LES RETROUVER À LA FIN DE L'ÉTÉ
39	EN HAUT DES MARCHES ON DÉCOUVRAIT LE CABANON
43	PAS TOUT À FAIT MON CŒUR
47	RENTRÉ EN HÂTE DANS SA MAISON
49	UN PEU PLUS TARD SUR LE SENTIER
51	LA CRIQUE OÙ JANSEN M'EMMENA…
53	APRÈS AVOIR PLONGÉ D'ABORD ON COULA
55	L'AMIE D'ENFANCE QUE JE DÉÇOIS TANT
57	MIRACULEUSEMENT LES BARBELÉS REDEVINRENT INERTES
59	LE TROIS SEPTEMBRE MILLE NEUF CENT TRENTE-NEUF
61	DANS LE CAMP DE PRISONNIERS
63	MÊME SI C'EST INADMISSIBLE

TABLE

65	SE CONFONDANT CE SOIR-LÀ AVEC LE CIEL
69	L'ARTICLE DEUX CENT VINGT-DEUX TRENTE-DEUX DU CODE PÉNAL
73	ON SERVAIT LE PETIT DÉJEUNER SUR UNE TERRASSE
75	AU MILIEU DES GRILLONS
77	L'ÉTÉ MA MÈRE VEUT ME METTRE DE LA CRÈME SOLAIRE
79	C'EST ENCORE LE SOLEIL...
81	JANSEN FIXAIT SES RENDEZ-VOUS DE MANIÈRE LACONIQUE
83	IL SE LEVA POUR OFFRIR SA CHAISE
85	SUR LE PONT EN CHEMISETTE
87	ARRIVÉ AU PIED DE LA CORNICHE
91	... LA BLESSURE S'OUVRIT CELA ME REND TRISTE
93	LA SIESTE DANS MA CHAMBRE
95	J'AI SEIZE OU QUINZE ANS
97	PLACE DE LA CONCORDE A-T-IL PROPOSÉ ET DONC J'Y SUIS
101	CE QUE JE VOIS LÀ JE NE L'AI JAMAIS VU
105	IL EST ADORABLE AVEC MOI DANS LA RUE
109	... N'IMPORTE QUEL CHEMIN MÈNE VERS LES CRIQUES
111	ÉVIDEMMENT JE LA RECONNUS
113	UNE ÉTERNITÉ AU MOINS
117	ET QUI APPARUT SUR LA CRÊTE DU CHEMIN
121	IL VENAIT DE POSER DEVANT MOI L'ASSIETTE AVEC LE FRUIT OFFERT
123	C'ÉTAIT L'AUBE ENCORE
127	TROIS CAFÉS FORMAIENT LA PLACE DU VILLAGE
131	EN DESCENDANT VERS LE PORT...
133	LA MER COMMENÇAIT DE MOUTONNER DANS L'ANSE AUX PIERRES PLATES

135	J'AI NEUF ANS...
137	J'AI TREIZE ANS...
139	J'AI QUATORZE ANS...
141	J'AI VINGT ANS...
145	J'AI QUARANTE ANS...
147	DANS LA CRIQUE UNE FAMILLE NOMBREUSE...
149	C'EST FORT LE RESSENTIMENT
151	IL Y A DES ANNÉES MON FRÈRE AVAIT ÉPOUSÉ MISS VOLGOGRAD
153	... C'EST BONDAGE QU'IL DISAIT
155	LA VEILLE IL Y AVAIT EU DES DÉPARTS
159	DANS MA CHAMBRE ON AVAIT RETIRÉ LES DAHLIAS
161	POUR ALLER DU LEVANT À PORT-CROS...
165	SOUS LA VOILE D'OMBRAGE
169	POUR LUI N'IMPORTE QUOI ÉTAIT UNE AVENTURE
171	IL ÉTAIT SEPT HEURES DU MATIN
175	LES CAHUTES OUVRIRENT
179	... LA MALADIE DU POURQUOI
181	ALORS IL VOUS A RACONTÉ SON HISTOIRE ?...
185	EN REPARTANT JE TOMBAI SUR JANSEN
187	C'EST EN ARRIVANT SUR L'ÎLE QUE CONRAD LA CASTAGNE
191	UN SOIR AU JOURNAL TÉLÉVISÉ
193	LE PATRON C'EST EDGAR...
195	PAUL SE MEURT...
197	LA NUIT ÉTAIT VRAIMENT NOIRE
201	À L'HÔTEL LA GUIRLANDE ÉTAIT ALLUMÉE
203	UNE FAMILLE DANS LAQUELLE TOUT ENFANT
207	C'EST UNE FAMILLE ARMÉNIENNE À PARIS
211	CETTE NUIT-LÀ SUR MON LIT
213	J'OUVRIS L'ŒIL UNE BLANCHEUR AVEUGLANTE

TABLE

215	ELLE ÉTAIT ARRIVÉE SUR L'ÎLE AU DÉBUT DES ANNÉES CINQUANTE
217	ELLE NE SAIT PAS QUI EST LE PÈRE
219	MA MÈRE DORT AVEC SON ENFANT...
221	PEUT-ÊTRE CELA SUFFIT-IL SI L'UN DES DEUX AU MOINS EST AMOUREUX ?
223	SOUDAIN M'APPARUT LE DESTIN DE MA MÈRE
225	AU MALHEUR NE JAMAIS DONNER TOUTE LA PLACE
229	TU M'AS L'AIR BIEN SONGEUSE...
231	DÉCIDÉMENT LA BLESSURE...
233	ENFANT J'ÉCRIS DES VERS
235	LA SOMMITÉ EST UN AMI DES POÈTES...
239	UNE ABEILLE ZIGZAGUAIT DANS LE SALON DÉSERT
241	JE M'ASSIS AUX PIERRES PLATES SUR LE ROCHER...
243	J'OUVRIS LES BRAS
247	ALORS JE VAIS VOUS DIRE